JN204731

小学生のうちに
読みたい物語
～学校司書が選んだブックガイド～
対馬初音 編著
少年写真新聞社

もくじ

はじめに

昨今、子どもたちの活字離れが叫ばれています。確かに、活字を読むことをおっくうがる子はいます。けれども、読んでもらったりお話を聞いたりすることが嫌いな子には会ったことがありません。読書が苦手な多くの子どもたちは、表面的におもしろい本は知っていても、いつまでも心に残る本当に感動できるおもしろい本に出合っていないだけなのです。

子どもたちは自分で読むのが大変な場合でも、大人に読んでもらうとお話を楽しめます。自分で読むことができる場合でも、読んでもらうと、もっと楽しめるのです。大人は子どもよりも多くのことを経験しています。対象となる子どもたちのことをよく知っている大人が、その子に合う本を読み聞かせれば子どもはもっと本の世界を好きになれます。

子どもたちの周りには、アニメや映画、マンガなど、子どもの目を強く引く情報があふれています。その一方で、本当にいいお話や昔話や手遊び歌などは、親や先生や司書がすすめなければ知る機会がほとんどありません。

本書は、小学校の図書館で司書として働いて、多くの子どもたちと本をつなげてきた私たちが、自信を持って子どもたちに差し出せる本ばかりのブックガイドです。今回は、伝記やノンフィクションではなく、物語（フィクション）の中からリストアップしました。

本書を参考にして、先生や司書、保護者が、子どもと一緒に本を読んで楽しんでいただけるとうれしく思います。

対馬初音

この本の見方

※掲載している作品は難易度順に並んでいます。
※書籍の流通状況は2018年2月現在です。最新の情報については各出版社にお問い合わせください。

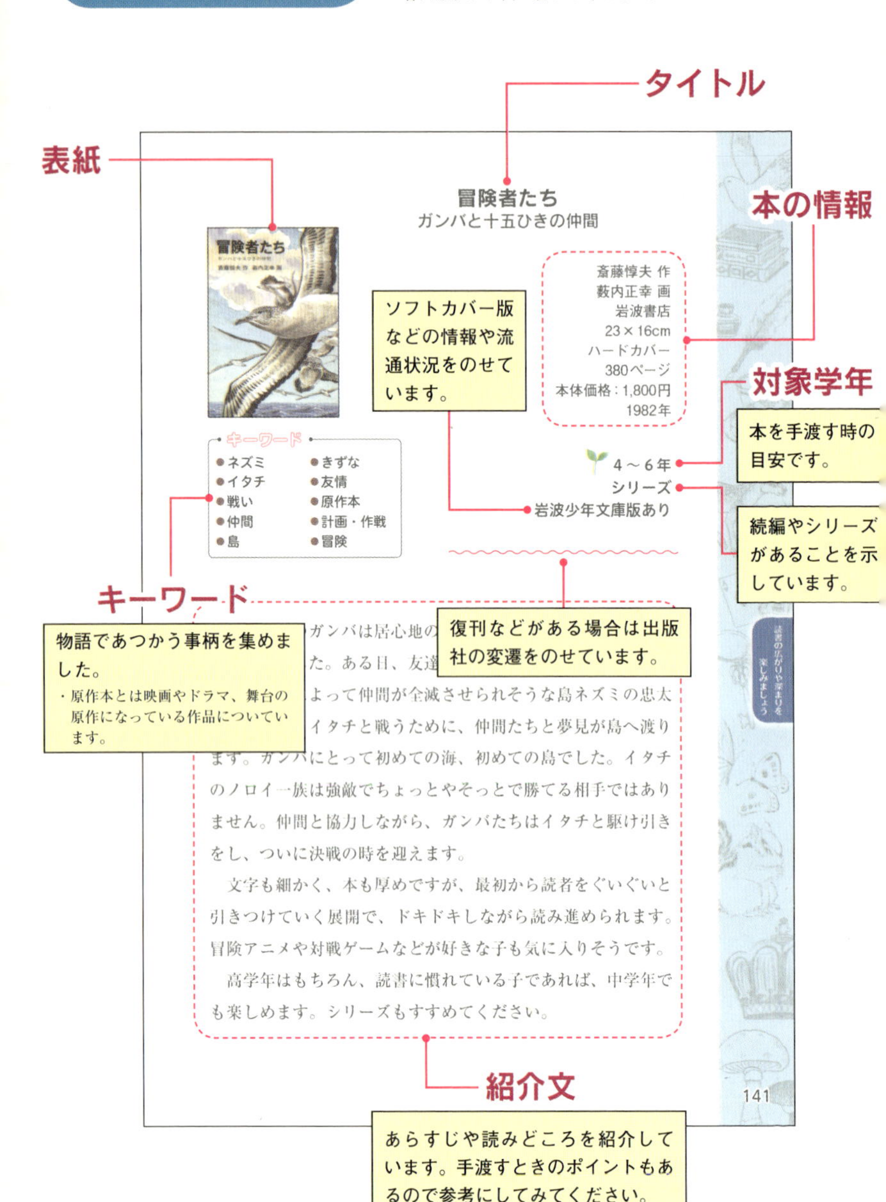

絵本からの移行期に

まずいい絵本をしっかり楽しんだ後に、すすめる本を集めました。内容がシンプルでわかりやすく、楽しい本を手渡してみましょう。

あのね、わたしのたからものはね

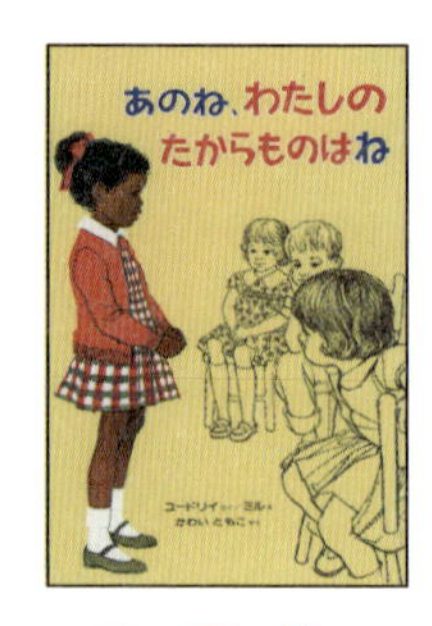

ユードリイ さく
ミル え
かわいともこ やく
偕成社
22×16cm
ハードカバー
70ページ
本体価格：1,000円
1983年

1～2年

キーワード
- はずかしがりや
- 学校
- 宿題
- 知恵
- 発表
- 宝物
- 1年生

1年生のメアリー＝ジョーのクラスでは、毎日順番に自分の宝物について発表します。皆が手紙や貝などを持ってきて話すのを聞いているうちに、メアリーの番が近くなります。でもはずかしがりやのメアリーは、何を発表したらいいのか決められません。せっかくすてきな宝物を見つけても皆同じようなものを持っていて、自分の宝物などは大したことがないと思ってしまうのです。ところがある日、メアリーはとうとう誰も思いつかない宝物を見つけました。

1年生の女の子が恥ずかしがって発言しないのはよくあることで、日常の教室の様子をよく表現しています。メアリーの宝物も素晴らしいですが、クラスの子が、振り返って自分の宝物を思わず口にする場面もほほえましいです。宝物は“物”ではなく“気持ち”であると気づかせてくれる本です。

新装版　ゆかいなゆかいなおはなし

王さまのアイスクリーム

フランセス・ステリット ぶん
光吉夏弥 やく
土方重巳 え
大日本図書
22×16cm
ハードカバー
74ページ
本体価格：1,200円
2010年

キーワード
- アイスクリーム
- わがまま
- 王族・貴族
- 夏
- 発明

1年

昔、まだ冷凍庫のなかった時代の話です。あるところに、とても気難しい王さまがいました。王さまは夏には冷たいクリーム、冬には温かいクリームをおやつに召し上がることになっていました。暑い日、冷たくしなければならないクリームがどうしても冷えません。コック長と娘のストロベリーは、コック長の首がちょん切られないように、なんとかしようと必死です。その時ちょうど山から氷を切り出してきた少年と通りで出会い、その氷でクリームを冷やすことができました。今までにない冷たいおいしいクリームに喜んだ王さまは、ストロベリーにもっと冷たいクリームを要求してきました。

読者は、わがままな王さまにハラハラさせられながらも、アイスクリームができあがる様子にワクワクします。題名から引きつけられる、昔話のような雰囲気を持つ幼年童話です。暑い時季にぜひすすめてください。

福音館創作童話

はじめてのキャンプ

林明子 さく・え
福音館書店
22×16cm
ハードカバー
104ページ
本体価格：1,200円
1984年

キーワード
- はじめて
- キャンプ
- 成長
- 夜
- 自信
- 挑戦
- みそっかす
- 約束

1年

なほちゃんは小さい女の子です。大きい子のキャンプに連れていってもらいたいのですが、足手まといになるからだめだと言われます。でも“自分のことは全部自分でやる”と約束をして、一緒にキャンプに行くことになりました。なほちゃんは、大きい子と同じようにがんばって働いて、おいしい夕飯を食べます。キャンプファイヤーの後は恒例の怖いお話です。夜、トイレに行きたくなったなほちゃんは、誰も起きてくれないので、１人でテントを出ていかなければならなくなりました。

暗闇での不思議な出来事と、主人公の達成感が、読者の印象に残るでしょう。キャンプの楽しさや、初めて経験することへのドキドキする気持ちがよく描かれています。大きい子の中でがんばるなほちゃんは、読者を引きつける主人公です。まるごと一冊読み聞かせもできます。特にキャンプに行く機会が多い夏休み前におすすめです。

あかね書房・復刊創作幼年童話

どれみふぁけろけろ

東君平 作・絵
あかね書房
22×16cm
ハードカバー
77ページ
本体価格：1,000円
1981年

1～2年

キーワード
- 学校
- カエル
- 克服
- 水泳

泳ぎが苦手なたっくんは、学校の水泳の時間が憂鬱(ゆううつ)です。「かえるはおよげていいなあ」とついつぶやくと、いつの間にかカエルの学校に紛れ込んでしまい、泳ぎの特訓を受けることになりました。“あおがえるたけしくん”としてカエル学校の授業に入ったたっくんが「どれみふぁけろけろー」と歌うと不思議なことに、雨雲が出てきます。カエルは雨が好きなので大喜び。次は泳ぎの時間です。泳げないたっくんに、カエルたちが、泳ぎの秘訣(ひけつ)を教えてくれます。

苦手を克服するためにカエルが応援してくれるところも楽しめます。はっきりした色使いとタッチの挿絵が文章に合っていて、絵本と同じような感覚で読むことができます。低学年の水泳指導が始まる頃におすすめです。全ページに絵があり、一冊まるごと読み聞かせをしてもいいでしょう。

福音館創作童話　鶴巻幼稚園・市村久子の教育実践による

おおきな おおきな おいも

赤羽末吉 さく・え
福音館書店
22×16cm
ハードカバー
88ページ
本体価格：1,200円
1972年

キーワード
- 絵
- 収穫
- さつまいも
- 幼稚園・保育園
- 秋
- 遠足

1年

秋、あおぞら幼稚園では、いも掘り遠足に行く予定です。ところが、雨が降って遠足は1週間延期になってしまいました。残念に思った子どもたちは、先生から紙と絵の具をもらって、大きな大きなさつまいもの絵を描きます。そしてさらに、そのおいもをどうやって掘り出すか、どうやって食べるか、次々に子どもたちの空想が広がっていきます。

保育園での実践を基に書かれた本です。子どもの日常の遊びが描かれているので、子どもたちは本の中の出来事を素直に楽しめます。紫色以外はすべて白黒という世界が、ダイナミックに描かれた大きなさつまいもを効果的に表現しています。

話の展開も楽しいですが、視覚に訴えてくる本なので、読み聞かせに使ってください。まるごと読み聞かせても7分程度で読めます。

新装版　ゆかいなゆかいなおはなし

りすのスージー

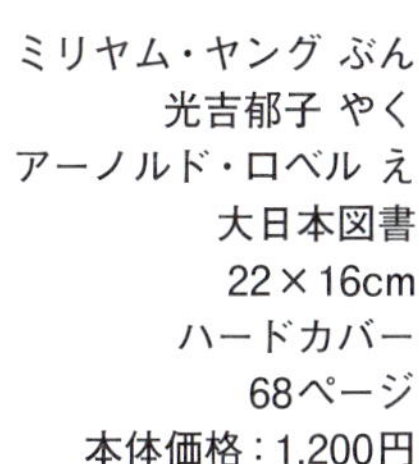

ミリヤム・ヤング ぶん
光吉郁子 やく
アーノルド・ロベル え
大日本図書
22×16cm
ハードカバー
68ページ
本体価格：1,200円
2010年

キーワード

- 家・家具
- そうじ
- リス
- 人形
- 人形の家
- 家事
- 恩返し
- 奪還

1年

高い樫の木のてっぺんの家で快適に暮らしていた、働き者のりすのスージーは、ある日、乱暴な赤りすたちに家を追い出されてしまいます。スージーは森の中の古い家に行き、その家の中にあった人形の家を見つけました。スージーは掃除をして、そこに住むことにします。新しい住まいには、なんでもそろっていましたが、スージーは樫の木のてっぺんの家が恋しくなります。そんなスージーのために、新しい住まいで同居を始めていたおもちゃの兵隊たちが、一肌脱いでくれます。

森の家の描写には、自然の豊かさが感じられます。かいがいしく兵隊たちの世話をするスージー。その見返りを求めない優しさと、それに応えてスージーを助ける兵隊たちの思いやりに心が温まります。

新装版　ゆかいなゆかいなおはなし

ちびっこ大せんしゅ

シド・ホフ ぶんとえ
光吉夏弥 やく
大日本図書
22×16cm
ハードカバー
74ページ
本体価格：1,200円
2010年

キーワード
- 野球
- 補欠
- 小さい

1～2年

ハロルドはリトルリーグで一番小さな野球選手です。一生懸命に練習しましたが、攻撃も守備もうまくできないので、いつもベンチに座って試合を眺めていました。シーズン最後の試合の最終回、スコアは0対0です。ハロルドのチームが満塁のチャンスの時に打順が回ってきた選手が足を痛めてしまい、ハロルドがバッターボックスに立つことになります。今までベンチを温めていたハロルドにヒットが打てるでしょうか？

ハロルドは一番小さな選手ですが、一生懸命野球に取り組む姿は小さな読者の心を引きつけるでしょう。途中でコーチやお父さんが、しょげているハロルドを元気づけてくれるのもうれしいです。文字は大きい上、絵も多く、読みやすいので、野球に興味がない子でも満足感を得られるでしょう。特に野球が好きな子なら、読書が苦手でも読めるでしょう。

新装版　ゆかいなゆかいなおはなし

わたしのおかあさんは世界一びじん

ベッキー・ライアー ぶん
光吉郁子 やく
ルース・ガネット え
大日本図書
22×16cm
ハードカバー
48ページ
本体価格：1,200円
2010年

キーワード
- お母さん
- 秋
- 迷子
- ウクライナ
- 顔
- 農業
- 世界一

1年

6歳のワーリャは、いつも両親と一緒に畑に行って仕事を手伝います。お祭りの前の日、ワーリャは広い小麦畑の中で眠り込んで、迷子になってしまいました。知らない人たちが、ワーリャのお母さんを探してくれることになりましたが、ワーリャがその人たちに言ったのは「わたしのお母さんは世界一美人！」ということでした。このことばを頼りに大人たちはワーリャのお母さんを探します。

挿絵を描いたのはアメリカ人ですが、ウクライナの農村を細かな点描で美しく表していて、温かい雰囲気が伝わります。また、美人が多いことでも有名な国らしい“きれいだから、好きなのじゃない。好きだからこそ、きれいに見えるのだ！”ということわざを大切にしている心の豊かな人々の誇りに、読者も満足します。

新装版　ゆかいなゆかいなおはなし
わにのはいた

マーガリット・ドリアン ぶんとえ
光吉夏弥 やく
大日本図書
22×16cm
ハードカバー
60ページ
本体価格：1,200円
2010年

キーワード
- ワニ
- 医者
- 友達
- 我慢
- 歯
- 痛み
- 弱虫

1年

動物園に住んでいるわにの子アリは歯が痛くなり、とうとう我慢ができなくなりました。そこで病院に行くことになりますが、怖くて行きたくありません。気乗りのしないアリは、間違えて反対方向に行くバスに乗ってしまいます。そして、そのバスでたまたま乗り合わせた男の子の家に行って遊ぶことにしました。夜になってまた歯の痛みが強くなり、その日は男の子の家に泊まることにします。実は、その子のお父さんは、アリが歯痛を診てもらうために行く予定だった病院の歯医者でした。翌日、アリはその子と病院に行きます。アリの歯痛は治るでしょうか。

わにの子が、病院に行きたくない気持ちと、痛みがひどくなってやっぱり早く病院に行きたいという気持ちがユーモラスに描かれています。挿絵も作者が描いていて、お話にぴったり合っています。歯痛の原因がむし歯でないオチにほっとします。

新装版　ゆかいなゆかいなおはなし

でっかいねずみとちっちゃなライオン

イブ・タイタス ぶん
光吉夏弥 やく
レオナード・ワイズガード え
大日本図書
22×16cm
ハードカバー
74ページ
本体価格：1,200円
2011年

- ネズミ
- ライオン
- 妖精
- 学校
- 変身
- 博物館
- 魔法
- 大きくなる・小さくなる

あるところに、人間の世界を見に行こうとしたねずみがいました。また、ライオンも人間の世界を見ようと出かけていきました。そこへ通りかかった妖精は、そのままの姿だと大変なことになりそうだと心配して、人間の目には、ねずみは世界一大きなライオンより大きく、ライオンは、世界一小さなねずみより小さく映るように、こっそり魔法をかけてしまいます。自分が魔法にかかっているとも知らずに人間の町に行ったねずみとライオンを見て、人間たちは大騒ぎ。そんな２匹が町の博物館でばったり出会います。

ただ大きさが違うだけで、全く印象が変わるところがユーモラスです。魔法をかけられたことを知らないねずみとライオンが、人間の思わぬ反応を不思議がる様子もおもしろいです。１年生から楽しめるおかしな話です。

世界傑作童話　はじめてよむどうわ1

こぐまのくまくん

E・H・ミナリック ぶん
モーリス・センダック え
まつおかきょうこ やく
福音館書店
23×16cm
ハードカバー
60ページ
本体価格：1,000円
1972年

キーワード
- クマ
- 家族
- 冬
- 服
- 誕生日
- 月
- スープ
- 旅

1～2年
シリーズ

短いお話が4つ収めてある短編集です。先の3つのお話を受けて4つ目のお話を楽しむ趣向になっています。
「くまくんのおたんじょうび」では、こぐまのくまくんの誕生日なのに、お母さんが見当たりません。お母さんはくまくんの誕生日を忘れてしまったのでしょうか。もうすぐ友達が来るので、困ったくまくんは家にある材料を使い、自分でバースデースープを作ります。友達がやって来て、皆でスープを食べようとした時、ドアが開いて、お母さんが入ってきました。お母さんはくまくんの誕生日を忘れてはいなかったのです。

純粋なくまくんの思いと、それを温かく包むお母さんとの親子関係が素晴らしく、保護者にも読んでもらいたい本です。シリーズの『かえってきたおとうさん』『くまくんのおともだち』『おじいちゃんとおばあちゃん』も季節に応じてすすめてください。

新装版　ゆかいなゆかいなおはなし

すずめのくつした

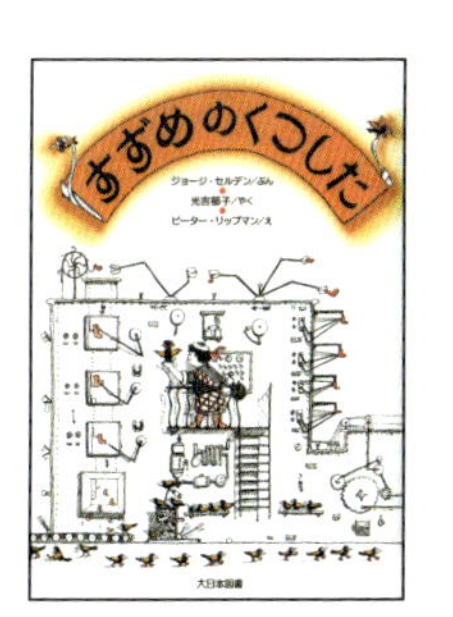

ジョージ・セルデン ぶん
光吉郁子 やく
ピーター・リップマン え
大日本図書
22×16cm
ハードカバー
74ページ
本体価格：1,200円
2010年

- プレゼント
- 靴下
- 毛糸
- 寒い
- イギリス
- 工場
- 友達
- 秋
- 冬
- 鳥

1年

アンガスの家は靴下工場ですが、ほかの店との競争が激しくなり、この頃売れ行きがよくありません。そんな折、仲良しのすずめたちが寒そうにしていたので、アンガスは家の工場の機械と毛糸ですずめたちに靴下を作ってやりました。たくさんのすずめが、そろってかわいらしい靴下を履いているのが町で評判になり、アンガスの家には多くの人が押しかけ、みんな靴下を買ってくれました。

寒そうなすずめに靴下を作ってやる優しさと、それに応えるすずめたち。町の人たちとの交流も温かく描かれています。子どもの優しい気持ちが、つぶれかけた工場の復活につながるのも良いです。挿絵も繊細で、お話の世界にいざなってくれます。寒い季節にぴったりな本です。

ぼくはめいたんてい

きえた犬のえ

マジョリー・W・シャーマット ぶん
マーク・シーモント え
光吉夏弥 やく
大日本図書
22×16cm
ハードカバー
64ページ
本体価格：1,200円
2014年

キーワード
- 探偵
- パンケーキ
- 絵
- 捜索
- 事件・犯罪
- イヌ
- なぞ解き・推理

1～2年
シリーズ

ある日、朝ご飯のパンケーキを食べ終えたネートのところに、消えた犬の絵を探してほしいという、友達のアニーからの電話がありました。ダイヤモンドがなくなったというような大事件ではないのを残念に思いながらも、早速ネートはアニーの家に出かけ、調べにかかります。まずアニーの部屋を調べ、絵のモデルでもある飼い犬のファングの行動を調べ、消えた絵を見せたという友達のロザモンドと、アニーの弟のハリーにも会いました。ネートは一つひとつ手がかりを解いていきます。

本書は「ぼくはめいたんてい」シリーズの第１巻です。主人公は、パンケーキが大好きな９歳の男の子ネートで、一冊につき１つの事件を解決します。事件といっても、幼い子の身近で起きるような小さい事件ですが、解決法に無理がなく納得できます。シリーズは順不同で読んでも楽しめます。

世界の傑作絵本

おはなし　ばんざい

アーノルド・ローベル 作
三木卓 訳
文化出版局
21×15cm
ハードカバー
64ページ
本体価格：854円
1977年

- ネズミ
- スープ
- イタチ
- お話
- 知恵
- 生きるか死ぬか

1～2年

ある日ネズミがイタチに捕まってしまいます。イタチはネズミのスープを作るというのです。そこで絶体絶命のネズミは、イタチにおいしいネズミのスープの作り方を教えます。それはスープに“お話”を４つ入れるというものです。そしてネズミは、イタチに４つの興味深いお話を話して聞かせます。さて、４つのお話を聞いたイタチは、そのお話を鍋に入れるために外へ飛び出していくのです。

それぞれの話にオチがあり、短編集とはいえ最後にネズミがピンチを切り抜け、全体をまとめてあるので一冊の本をきちんと読んだという満足感が持てます。題名の『おはなしばんざい』の意味もわかります。また、ローベルの美しい挿絵の配置が良く、物語の理解を助けています。国語でローベル作品を学ぶときに、ほかの作品とともに紹介してもいいでしょう。

世界の傑作絵本

ふたりはともだち

アーノルド・ローベル 作
三木卓 訳
文化出版局
21×15cm
ハードカバー
64ページ
本体価格：950円
1987年

キーワード

- カエル
- 友達
- 自然
- 四季
- 手紙
- 短編集

1～2年
シリーズ

しっかり者のかえるくんと、ちょっととぼけたがまくん、という２匹のカエルの話の短編集です。

「はるがきた」では、４月になったので、かえるくんはがまくんを起こしに行きますが、がまくんはまだ寝ていたくて、５月の半ばに起こしてくれと言います。でもそんなに待てないかえるくんは、どうやってがまくんを起こしたでしょうか。

がまくんとかえるくんシリーズ全４巻の１巻目です。自然の中でのびのびと過ごす２匹のカエルの様子が、四季を通してユーモラスに描かれています。色調を抑えた品の良い挿絵もお話によく合っています。

国語でローベル作品を勉強するときにすすめてもいいでしょう。一話ずつ、読み聞かせをしても楽しめます。

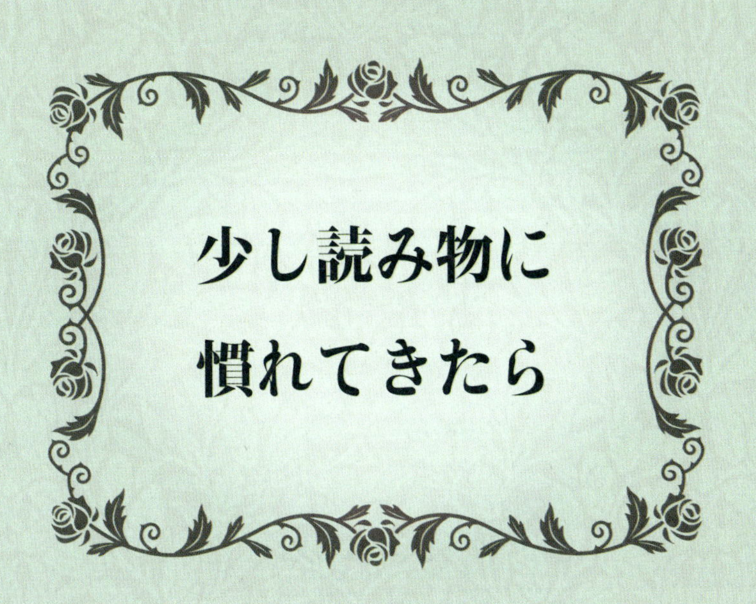

少し読み物に慣れてきたら

本に慣れてきたら、もう少し文字が多く、絵が少ない本をすすめてみましょう。内容は小さい子どもが主人公の本が多く、好奇心旺盛なこの時期にぴったりの本ばかりです。読み聞かせをしてもいいでしょう。

新しい日本の幼年童話 1巻

たんたのたんけん

中川李枝子 さく
山脇百合子 え
学研
23×19cm
ハードカバー
68ページ
本体価格：900円
1971年

1～2年
続編あり

キーワード

- 手紙
- 地図
- 探検
- ヒョウ
- 誕生日
- 夏
- 帽子
- 道具
- 望遠鏡
- なぞ解き・推理

たんたの５歳の誕生日に、どこからか手紙が舞い込んできました。中に入っていたのは地図が１枚だけです。探検の地図だと思ったたんたは、探検の支度を整えて早速出発しました。途中でヒョウの子バリヒと出会い、２人はますます張り切って、ジャングル探検に出かけます。

探検とはいえ、実はとても身近な遊びの延長です。張り切って仕度をして、探検に行くたんたは、幼い子どもの気持ちにそっていて、冒険心を満足させてくれます。続編に『たんたのたんてい』があります。

主人公が８月の誕生日で５歳になるシーンから始まるので、低学年の夏にぴったりです。文字は多いですが、どのページにも楽しい絵があるので、抵抗なく読めるでしょう。夏休みに、保護者が導入部分を読んであげると、１人で読み進めやすいです。

世界傑作童話

あおい目のこねこ

エゴン・マチーセン 作・絵
せたていじ やく
福音館書店
22×16cm
ハードカバー
112ページ
本体価格：1,200円
1965年

- ネコ
- イヌ
- ネズミ
- 仲間はずれ
- 前向き
- 目

1～3年

青い目のこねこは、ネズミの国を見つけたらおなかをすかせることがなくなると考え、ネズミの国を探しに出かけます。途中で魚やハエなどに出会いますが、誰もネズミの国を知りません。途中で出会った黄色い目の５匹のねこからは、目の色が違うために仲間はずれにされてしまいますが、それも気にしません。ある日、ねこたちのところに大きなイヌがやってきました。黄色い目のねこたちはこのイヌを怖がり、青い目のこねこにイヌを退治するよう頼みます。

絵が多く、文字が少ない割には、本の厚みはあり、読み終わった満足感も得られます。シンプルですが、動きの感じられる絵は、お話によく合っています。仲間はずれにされても、前向きで決してくじけない主人公は、子どもにとっても魅力的です。

子どもとお母さんのおはなし 3

こぎつねコンチ

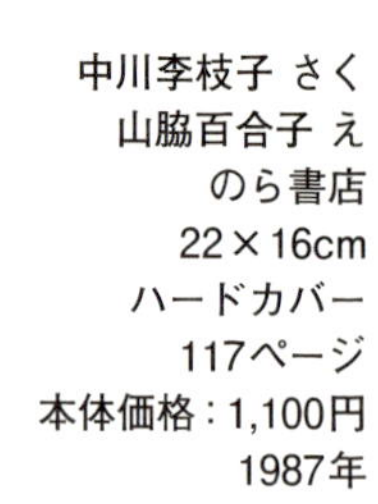
中川李枝子 さく
山脇百合子 え
のら書店
22×16cm
ハードカバー
117ページ
本体価格：1,100円
1987年

1～2年

キーワード
- キツネ
- 短編集
- 親子
- 12 か月

4月から始まり1か月ごとに1つのお話が入った12の短編集です。こぎつねのコンチは、お父さんとお母さんときつね原っぱの近くに住んでいます。「ポケット」というお話では、お母さんは、ミシンでエプロンを作っています。コンチはそのエプロンについているのと同じ大きいポケットを作ってもらいました。けれども、大き過ぎてシャツやズボンにつけることができません。そのままがよいというコンチに、お母さんはすてきな工夫をしてくれました。

幼い子が無邪気に外遊びをして感じる楽しさや心地良さを一緒に味わえる本です。自然の豊かさや友達との関わり、コンチ親子のお互いを思いやる温かい気持ちが伝わってきます。読書に慣れていなくても読みやすい、一話完結式の章立てになっています。類書に同じ作者の『けんた・うさぎ』『三つ子のこぶた』があり、どれも同じくらいの年齢の子が楽しめる本です。

おばけのジョージー　おおてがら

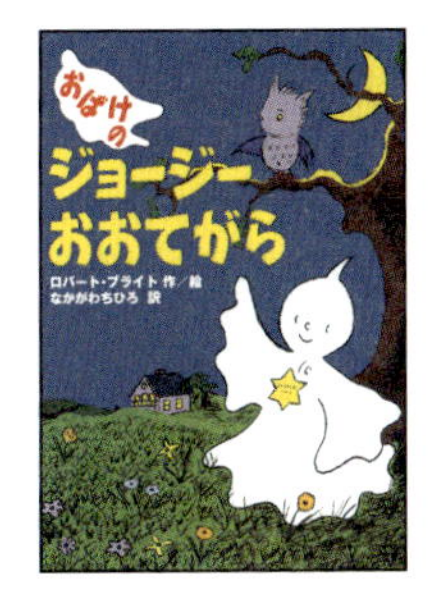

ロバート・ブライト 作・絵
ながわちひろ 訳
徳間書店
22×16cm
ハードカバー
64ページ
本体価格：1,200円
2004年

キーワード
- おばけ
- どろぼう
- フクロウ・ミミズク
- ネコ
- 仲間
- 協力
- 家・家具

1～3年
シリーズ

小さなおばけのジョージーは、ホイッティカーさんの家に住んでいるはずかしがり屋のおばけです。人をおどかすこともしません。ある晩、ホイッティカーさんが留守にしている間に、どろぼうが忍び込み、値打ちのあるアンティークの家具を盗んでいきました。それを見ていたジョージーは、仲良しのフクロウやネコと一緒にどろぼうをやっつけます。

ジョージーはおばけなのに、ちっとも周りを怖がらせることができないところが、あいきょうがありユーモラスです。まだ自分の力でできることに限界がある低学年も、ジョージーと仲間たちの活躍を自分に重ねて楽しむことができるでしょう。

絶版の絵本『おばけのジョージー』（福音館書店）の続きの幼年童話シリーズで、絵本と同じ感覚で読むことができます。シリーズの中には、ハロウィーンをテーマにした本もあるので、その時期の低学年向けのブックトークに入れてもいいでしょう。

岩波の子どもの本

ねずみとおうさま

コロマ神父 著
土方重巳 絵
石井桃子 訳
岩波書店
21×17cm
ハードカバー
60ページ
本体価格：640円
1953年

キーワード
- 歯
- スペイン
- 王族・貴族
- ネズミ
- お母さん
- 大きくなる・小さくなる
- 成長

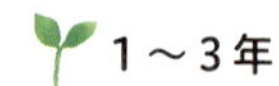
1～3年

初めて乳歯が抜けた6歳のスペインのおうさまと、その乳歯を取りに夜中におうさまの宮殿に訪ねてきたねずみのペレスのお話です。ある日、おうさまのぐらぐらする歯を抜くことになりました。麻酔なしでがんばって抜いた歯は、丁寧な手紙を書いて、一緒に枕の下へ入れて眠ると“ペレスねずみ”が金貨と取り替えてくれるのだとお母さまが教えてくれました。夜中、ペレスねずみに出会ったおうさまは、自分と同じように今日歯が抜けた子の話を聞き、一緒にその子に会いに行きたくなります。ペレスはおうさまを小さなねずみの姿に変え、小さな穴から一緒に出かけました。どぶを通り、猫に襲われ、危険な道を通った先でおうさまが見たのは、とても貧しい暮らしをしている人々でした。お城に戻ったおうさまは自分がどうするべきかを考え、お母さまに話すのでした。

『はがぬけたらどうするの？』（フレーベル館）と併せてブックトークをしてもいいでしょう。

岩波の子どもの本

スザンナのお人形　ビロードうさぎ

マージェリー・ビアンコ 著
高野三三男 絵
石井桃子 訳
岩波書店
21×17cm
ハードカバー
76ページ
本体価格：880円
1953年

- 人形
- おもちゃ
- 意地っ張り
- 競売
- お父さん

4歳のスザンナは、高いところに上りたがる、とても強情な女の子でした。スザンナはお母さんの言うことを聞かず、花瓶を割ってしまいますが「ごめんなさい」が言えません。スザンナは弁償するために、自分のおもちゃを売ることになってしまいます。ついに大事なお人形を手放すことになったとき、スザンナはどうしたでしょうか？

主人公が珍しいほど強情ですが、こんなふうに意地っ張りになる経験は誰しもあるでしょう。主人公とともにドキドキしながら進み読んでいく、印象的な話です。悪いことをしたらきっちり叱る大人の態度も素晴らしいです。丁寧なことばで書かれているのも、この本の良いところです。絵本の形ですが、文章のボリュームも多いので、自分で読むなら中学年にすすめてもいいでしょう。読んであげれば１年生からわかります。

ごきげんなすてご

いとうひろし さく
徳間書店
22×16cm
ハードカバー
114ページ
本体価格：1,300円
1995年

キーワード
- あかちゃん
- きょうだい
- 家出
- 捨て子・孤児
- 家族
- やきもち
- 箱
- イヌ
- ネコ
- カメ

1～4年
シリーズ
出版社変遷：福武書店→徳間書店

3か月前に弟が生まれると、お母さんは、あたしのことなんかほったらかし。あたしは捨て子になってもっといい家にもらわれることにしようと、箱を拾ってその中に入り、拾ってくれる人を待ちます。同じ境遇の、イヌ、ネコ、カメも仲間になって、がんばって工夫を凝らして、もらってくれる家庭を探しますが、なかなか拾ってくれる人は現れません。

弟が生まれて、親を取られたような気分になった姉の寂しい気持ちが、ユーモラスに描かれています。切ない感情を共有しつつも愉快な展開で楽しく読めるでしょう。絵は黒と赤の2色しか使っていませんが、独特のユーモアと温かみのある絵で、お話にぴったり合っています。ひらがなばかりなので、絵本からの移行期でも読めますが、この作品のユーモアやナンセンスを楽しむには、中学年くらいがいい読者でしょう。

福音館創作童話

いやいやえん

中川李枝子 さく
大村百合子 え
福音館書店
22×16cm
ハードカバー
188ページ
本体価格：1,300円
1962年

キーワード
- 冒険
- 先生
- 幼稚園・保育園
- わがまま
- いたずらっ子
- きまり
- 短編集

1～2年

しげるは、保育園に通う男の子です。ある朝、お父さんが買ってきてくれたおもちゃの車の色が赤いことが気に入らなくて、機嫌が悪くなります。顔も洗わず、朝ご飯も食べず、お弁当も「いやだよう」と言って、持っていきません。そこで、保育園の先生はお母さんに“いやいやえん”に行くことをすすめます。そこでは、やりたいことだけをやって、嫌なことはやらなくてもいいのです。いつもの保育園なら怒られることも怒られない世界を見て、しげるは何を考えるでしょうか。

表題作のほか、著者の保育士時代の経験を基に書かれた6つの幼年童話の短編集です。自分勝手なことばかりしたときの大人の対処もしっかりとしています。想像力が広がる愉快な遊びや、怒られてもめげない主人公のたくましさには低学年でなくても心ひかれます。読み聞かせにも使いやすいでしょう。

福音館創作童話

かえるのエルタ

中川李枝子 さく
大村百合子 え
子どもの本研究会 編集
福音館書店
22×16cm
ハードカバー
108ページ
本体価格：1,200円
1964年

キーワード

- カエル
- おもちゃ
- 雨
- 変身
- 船
- 歌
- 島
- 城
- ライオン

1～3年
姉妹編あり

かんたは赤目のかえるを見つけ、エルタと名づけます。エルタはおもちゃのかえるだったのですが、雨が降ると本当のかえるになって、かんたを船に乗せて“うたえみどりのしま”に連れていきます。

おもちゃが本当に動き出すという話は、実際におもちゃで遊ぶ年頃の子どもにとっては驚くことではありません。違和感なく楽しめます。

すでに50年以上読み継がれている、日本人作家による幼年向けの物語です。主人公のかんたと赤目のかえるのエルタが繰り広げるお話は、絵本からの移行期の次のステップに最適です。

この本に登場する、らいおんみどりが主人公の『らいおんみどりの日ようび』も併せてすすめたいです。

くろねこのロク　空をとぶ

インガ・ムーア 作・絵
なかがわちひろ 訳
徳間書店
22×16cm
ハードカバー
64ページ
本体価格：1,700円
2015年

キーワード
- ネコ
- 夏
- 旅
- 田舎
- ごちそう
- 森林
- 飛ぶ
- イギリス

1～3年

食いしん坊のくろねこのロクは、6軒の家に囲まれている広場に住んでいました。6軒がみなロクの飼い主なのです。ロクはいつも6軒の家からご飯をもらい、どの家にも出入りしていました。夏休みに6軒の家族とロクは田舎へ旅行に出かけました。そこで知り合った山ネコのスコットに案内されてごちそうを探しに行きますが、町で暮らすロクは失敗ばかりでうまくいきません。ところがスコットがワシに襲われそうになった時、ロクは友達を助けようとワシに向かっていくのです。

ストーリーはイソップの「町のねずみと田舎のねずみ」に似ていますが、この本はこの本で楽しめます。ロクの失敗や冒険、スコットランドの景色の雄大な自然などを、美しい挿絵とともに堪能できます。6軒の家がネコのために協力し合っている様子も温かく人情深いです。

新装版　ゆかいなゆかいなおはなし

とらとおじいさん

アルビン・トレセルト ぶん
光吉夏弥 やく
アルバート・アキノ え
大日本図書
22×16cm
ハードカバー
58ページ
本体価格：1,200円
2011年

キーワード
- トラ
- おじいさん
- 知恵
- キツネ
- だます

2～3年

ある日、1匹のとらがジャングルを意気揚々と歩いていくと、うまそうなにおいがしてきます。とらがそのにおいに気づいて近づいていくと、そこにはわなが仕かけてあり、とらはわなにはまってしまいました。そこへ、1人の痩せこけたおじいさんが通りかかり、とらは哀れっぽく助けを乞います。とらが自分を食べないと約束したので、おじいさんはとらを助けてやります。しかし、とらは助けてもらったとたんに、おじいさんを食べようとしたので、おじいさんは自分がとらに食べられるのは無茶だと言ってくれる者を探すことにしました。おじいさんは、木や道や牛に自分の身の上を話し助けを乞いますが、食べられても仕方がないと言われてしまいます。そんなおじいさんを1匹のキツネが知恵を使って助けます。

風刺のようなオチのあるお話です。台本風の仕立てですが、気にせず読めるでしょう。

福音館創作童話

ももいろのきりん

中川李枝子 さく
中川宗弥 え
福音館書店
22×19cm
ハードカバー
88ページ
本体価格：1,300円
1965年

- クレヨン
- 色
- キリン
- 紙
- 折り紙・工作

 2年

るるこは、部屋がいっぱいになるほどの大きな桃色の紙をもらいました。のりとハサミを使ってその紙できりんを作ると、きりんは本当に動き出します。世界一首が長く、世界一太っていて、世界一強くて、何もかも世界一のきりんです。雨で色がはげたので、きりんが山へ行ってクレヨンの木の実を取ろうとすると、木を独り占めしている意地悪なクマがいました。

物語と絵がよく合っている幼年向きのファンタジーで、読んでもらえれば1年生から楽しめます。自分が工作したものが現実になる話は、日頃から紙やクレヨンに親しんでいる子にとって夢が広がり、楽しませてくれます。本物とは全く違う色の動物や、色とりどりのクレヨンの実など、色彩の印象も鮮やかです。幼い子どもが普段の遊びの延長として読める本です。

童心社の絵本
こぎつねコンとこだぬきポン

松野正子 文
二俣英五郎 画
童心社
25×26cm
ハードカバー
47ページ
本体価格：1,500円
1977年

2年
フォア文庫版品切

キーワード
- キツネ
- タヌキ
- 友達
- 仲直り
- 変身
- 入れ替わり

こぎつねのコンとこだぬきのポンの周りには、どちらも家族以外誰も住んでいないので、２匹は友達が欲しいと思っていました。ある日、川をはさんで出会った２匹は早速仲良くなるのですが、それぞれの親は「相手にだまされるから遊んではいけない」と会うのを許してくれません。それでもこっそり遊んでいた２匹は化け比べの最中、お互いの姿になったまま元に戻れなくなり、仕方なくそのまま相手の家に潜り込むことになりました。

幼い子どもが家族だけの世界から、一歩外へ出て友達を作りたがる様子がよく描かれています。子どもの純粋な気持ちが大人の先入観や偏見を変えていきます。大人も子どもも仲間ができることは楽しいことだと思わせてくれます。

現在手に入るのは絵本の形のものですが、フォア文庫（童心社）でも内容は同じです。ストーリーは幼い子向けですが、低学年が自分で読むには少し長いので、読んであげるとよいでしょう。

幼年翻訳どうわ

ジェインのもうふ

アーサー・ミラー 作
アル・パーカー 絵
厨川圭子 訳
偕成社
24×20cm
ハードカバー
70ページ
本体価格：1,200円
1971年

- あかちゃん
- 親子
- お気に入り
- 色
- 毛布
- 成長
- 鳥

2年

ジェインのお気に入りはピンク色の“もーも”（毛布）。何をするにも一緒で、これさえあれば安心して寝ることができるのです。やがてジェインは大きくなり、ベビーベッドは卒業し、絵本を見たり、おにごっこをしたりできるようになりました。ジェインはもう赤ちゃんではありません。毛布も擦り切れてしまい、とうとうこの大事な宝物を手放す決心をします。

こういう経験は誰にでもあるので、子どもたちも共感しやすいでしょう。

モノクロの絵の中に浮かぶピンク色が印象的です。思い入れのある品を手放すタイミングやきっかけが自然で、幼いジェインの成長をうまく表現しています。両親に温かく見守られながら、赤ちゃんから成長していく主人公は、低学年にぴったりです。

世界の傑作絵本

どろんここぶた

アーノルド・ローベル 作
岸田衿子 訳
文化出版局
21×15cm
ハードカバー
64ページ
本体価格：950円
1987年

キーワード
- ブタ
- 家族
- どろ
- そうじ
- 家出
- 愛情

2～3年

お百姓さんの家のこぶたは、食べるのも寝るのも大好きでしたが、一番好きなのはやわらかいどろんこの中に座ったまま沈んでいくことでした。ある日、こぶたをかわいがっていたお百姓の奥さんが、大掃除をしてくれたのですが、こぶたが一番好きなどろんこまですっかり掃除してしまったのです。怒ったこぶたはどろんこを求めて家出をします。そして、街中でどろんこを見つけましたが、いつものどろんことは何だかちょっと違うのです。

どろんこの表現が本当にやわらかく気持ち良さそうで、どろ遊びを経験している子の共感を呼びます。こぶたをかわいがるお百姓さん夫婦の愛情、その下でのびのび育つこぶたの様子が心地良く感じられます。清潔にすることも大事ですが、どろんこが好きなこぶたを認めてあげるところも満足できます。一冊まるごと読み聞かせてもいいでしょう。

せかいのどうわ

こぎつねルーファスのぼうけん

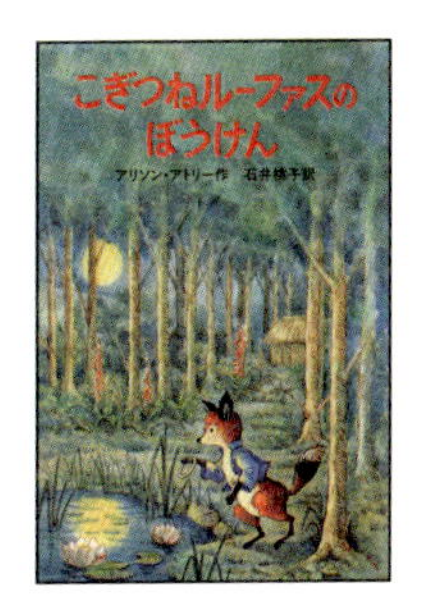

アリソン・アトリー 作
石井桃子 訳
岩波書店
22×16cm
ハードカバー
86ページ
本体価格：1,000円
1979年

- 家族
- キツネ
- アナグマ
- 森林
- 自然
- わな
- 捨て子・孤児
- 養子・養い親
- いたずらっ子

2年
続編あり（品切）

優しいアナグマの奥さんは、みなしごのこぎつねのルーファスをかわいそうに思い、家に連れて帰りました。おっかなびっくりで様子をうかがうアナグマさん一家でしたが、好奇心いっぱいで元気なルーファスを家族として受け入れていきます。

森の中の描写が、子どもの冒険心をかき立てます。自然には思わぬわなも潜んでおり、まだ世の中のルールをあまり知らない子どもたちを、優しくしつけながら育てていくアナグマのお母さんとお父さんは、愛情深くて重要な登場人物です。作者アトリーらしい、周りの人たちの温かさ、ルーファスのやんちゃさが良い本です。

この本には、もう１つ、ルーファスとアナグマの子どもたちが月を手に入れようと知恵を巡らせるお話も入っています。

続編に品切ですが『こぎつねルーファスとシンデレラ』があります。

くまの子ウーフ童話集（1）

くまの子ウーフ

神沢利子 作
井上洋介 絵
ポプラ社
22×18cm
ハードカバー
135ページ
本体価格：1,000円
2001年

キーワード
- クマ
- キツネ
- ウサギ
- 友達
- 家族
- マイペース
- 短編集
- なぞ・秘密

2～3年
シリーズ
ポケット文庫版あり

食べることや遊ぶこと、そして考えることが大好きなくまの子のウーフが、身の回りに起こる小さな出来事に不思議な思いをめぐらせる9つのお話が入っています。
「ウーフはおしっこでできてるか？？」では、ニワトリが毎日卵を産む、それならニワトリは卵でできているのか？ そして、自分はいったい何でできているんだろう？ と、ウーフは疑問に思います。

シリーズは全3巻あって、どれも短編集なので、どこからでも読めます。幼い子どもが思いつきそうな身近な事柄や気持ちをつづっているので、厚さの割にはすらすら読めて、絵本からの移行期におすすめです。1話ずつ分冊の絵本シリーズもあるので、こちらも併せて紹介すると、多くの子が一度に読むことができます。2001年より前の版には、不適切な表現が出てくるので注意してください。

世界のどうわ傑作選1

ロッタちゃんのひっこし

リンドグレーン 作
ヴィークランド 絵　山室静 訳
偕成社
22×16cm
ハードカバー
124ページ
本体価格：1,000円
1966年

キーワード
- 家族
- 意地っ張り
- 引っ越し
- スウェーデン
- 家出
- 隣近所
- ぬいぐるみ
- 原作本
- そうじ
- きょうだい

2～3年
シリーズ

５歳のロッタは、夢の中のことを現実と勘違いして、朝起きるなり腹を立てお母さんに反抗します。そして、お母さんが留守の間に隣の優しいおばさんの家へ引っ越すことを決心します。昼の間、ロッタは借りた屋根裏部屋を片づけたり掃除したりして楽しく過ごしましたが、夜になると寂しくなってしまうのです。

虫の居所が悪くてお母さんに反抗したり、自分の居場所を整えたり、ロッタの気持ちにそってどんどん読み進められます。ロッタをおおらかに見守る大人の存在に安心感が持てます。

内容的には幼い子の気持ちにそっているので、低学年向きといえますが、文章のボリュームが多いので、少し読み物に慣れている方が読みやすいでしょう。読んであげれば未就学児でも楽しめます。シリーズは『ちいさいロッタちゃん』のほかに、絵本もあります。

新しい日本の幼年童話 ５巻

なぞなぞのすきな女の子

松岡享子 さく
大社玲子 え
学研
23×19cm
ハードカバー
64ページ
本体価格：900円
1973年

キーワード
- オオカミ
- なぞなぞ

２～３年
姉妹編あり

なぞなぞの大好きな女の子が、なぞなぞの相手を探していると、森でばったりオオカミに出会いました。オオカミはお昼に食べる子どもを探しているところでした。そこへ、おいしそうな女の子が現れたのです。そうとは知らない女の子は、オオカミとなぞなぞを始めます。オオカミの怖さを知らない女の子と、初めてのなぞなぞ遊びに困るオオカミとの楽しいお話です。

なぞなぞ遊びを楽しんでいるうちに一冊読み終わってしまうような本です。本文だけではなく見返しにもなぞなぞが盛り込まれており、遊びながら楽しく読めます。

この本を読んで、自分がなぞなぞを作るヒントをもらっている読者もたくさんいます。お話にぴったり合っている絵がたくさん描かれているので読み物に慣れていなくても読みやすいです。姉妹編に『じゃんけんのすきな女の子』もあります。

福音館創作童話

もりのへなそうる

わたなべしげお さく
やまわきゆりこ え
福音館書店
22×16cm
ハードカバー
160ページ
本体価格：1,300円
1971年

- かいじゅう
- 森林
- 探検
- きょうだい
- 卵
- カニ
- 遊び
- 間違い
- 名前

５歳のてつたと３歳のみつやのきょうだいは、お弁当を持って近くの森へ探検に出かけ、大きな卵を見つけました。次の日にまた行くと卵はもうなくなっていて、かわりにしましまのへんな動物がいました。しましまの動物は自分のことを“へなそうる”の子どもだと名乗ります。てつたとみつやは、一緒に遊んでみることにしました。

森へ探検ごっこをしに行き、恐竜のような動物と一緒に遊べるという、幼い男の子の夢がふくらむ本です。みつやのたどたどしいことば遣いや、まだ世の中をあまり知らないへなそうるが見たことのないカニのことをおかしく想像してしまうなどは、幼い子どもの世界をよく表現しています。内容の割にページ数が多いので、低学年の親子読書にしてもいいでしょう。

はんぶんのおんどり［新装版］

ロッシュ＝マゾン さく
やまぐちともこ やく
ほりうちせいいち え
瑞雲舎
23×19cm
ハードカバー
70ページ
本体価格：1,400円
2016年

キーワード
- 声・鳴き声
- きょうだい
- 財産
- 鳥
- 王族・貴族
- 遺言
- 復しゅう・仕返し

2～3年
出版社変遷：学研→瑞雲舎

あるところに２人のきょうだいがいました。そのきょうだいは、父親が亡くなったため、父の言いつけ通り財産を半分ずつ分けることになりました。ところが欲ばりの兄は、自分の都合のいいように財産を分けたのです。父親が賢い鳥だと言ってかわいがっていたおんどりが、最後に一羽残ってしまいました。兄は、弟のステファヌに訴えられないようにと、そのおんどりを真っ二つに切り、半分をステファヌにくれました。半分のおんどりは、ステファヌが懸命に介抱すると一命を取り留めます。そしてステファヌと一緒に、亡くなった父親が悪い王様からもらうはずだったお金を取り返す旅に出て、大活躍します。

昔話風で、わかりやすい勧善懲悪のお話です。読者はドキドキしながら読み進め、納得の結末に満足するでしょう。

世界傑作童話

あたまをつかった小さなおばあさん

ホープ・ニューウェル 作
松岡享子 訳
山脇百合子 画
福音館書店
22×16cm
ハードカバー
104ページ
本体価格：1,500円
1970年

キーワード
- 頭を使う
- おばあさん
- 前向き
- マイペース

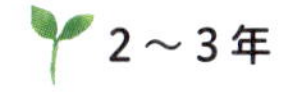
2～3年

黄色い家に住む小さなおばあさんは、貧乏だけれど頭を使って困ったことをなんでも解決してしまいます。おばあさんの頭の使い方は、滑稽なほど大げさなのに、浮かぶ知恵はとんちんかんで、笑いを誘います。羽根布団を手に入れるためにガチョウを飼うことを思いついたり、チューリップの球根と玉ねぎを植える時には、どっちがどっちかわからなくなってしまったりするおばあさん。はじめはなかなかうまくいかないのですが、思わぬ方向で解決していき、読者は事態が迷走する様子を楽しむと同時にほっとできます。

章立てになっているので、少しずつ読んでいくのに最適です。長めのお話に取り組み始めたばかりの子どもでも気楽に楽しめます。絵本からの移行期を経て、幼年童話に進んだ時期に読みやすいでしょう。山脇百合子の挿絵が物語の雰囲気によく合っています。

みしのたくかにと

松岡享子 作
大社玲子 絵
こぐま社
18×18cm
ハードカバー
60ページ
本体価格：1,200円
1998年

キーワード
- さかさま
- かぼちゃ
- 秋
- 種
- 王族・貴族
- 友達
- 料理
- おじさん・おばさん
- 間違い
- 知恵

2～4年

出版社変遷：福音館書店（『みしのたくかにとをたべた王子さま』）→こぐま社

お料理が好きなおばさんが、台所を掃除していると黒い小さな種を見つけました。何の種だかわかりませんが、庭のすみにまいてみました。それから“あさがおかもしれない、すいかかもしれない、とにかくたのしみ”という立て札を立てて育てます。さて、この国の王子は、毎日勉強ばかりで子どもらしく育てられていません。この王子がある日“みしのたくかにと”（王子は立て札を逆から読んでいたのです）を食べたいと言い出します。王子は“みしのたくかにと”を食べますが、実はその食べ方には大切なきまりがあったのです。

おばさんの機転のおかげで、世間を知らなかった王子が子どもらしく成長していきます。殻に閉じこもらず、人と関わり合うことの大切さを自然に伝えている本です。

楽しい話ですが、字は多めなので読み慣れた低学年向きでしょう。

みてるよみてる

マンロー・リーフ さく
わたなべしげお やく
復刊ドットコム
23×17cm
ハードカバー
60ページ
本体価格：1,500円
2012年

キーワード
- 危険
- 常識はずれ
- まぬけ
- ユーモア

2～4年
出版社変遷：学研→ブッキング→復刊ドットコム

見開きページで1つずつ、子どもの行動にあるような、やってはいけないことや危ないこと、迷惑なことなどを見せ、“くちだしつのえもん”“よくばりぶた”などの覚えやすい名前をつけて、「きょう　きみは　こんな困った子じゃなかったかい？」と聞いています。

作者は編集者時代に、画家に注文をするために描いた絵がおもしろいということで作家になったそうです。シンプルで誰にでも描けそうな絵ですが、とてもわかりやすく印象的です。中学年以上で読むと、思い当たるところもあって、テンポよく次々に進むおかげで、嫌味なく笑いながら楽しめます。同じ作者の本で今では絶版ですが『おっとあぶない』『おぎょうぎどうするなーぜ』『けんこうだいいち』（全てフェリシモ出版）も同じように楽しめます。

マンホールからこんにちは

いとうひろし さく
徳間書店
22×16cm
ハードカバー
128ページ
本体価格：1,400円
2002年

キーワード
- マンホール
- ナンセンス
- 買い物
- 下水道
- キリン
- マンモス

2～4年
出版社変遷：福武書店→ほるぷ出版→徳間書店

ある日、買い物を頼まれて家を出たぼくが、角を曲がると道の真ん中に電信柱が立っていました。変だなと思って近づくとそれはマンホールから首を出したキリンでした。キリンの次はマンモスの長い鼻。マンモスの鼻の次は、カッパがマンホールから首を出していました。次々に現れる不思議な生き物たちですが、マンホールにいるのには深いわけがあるのです。

作者は、変わった生き物をペットにするのがはやっている現代、時としてその生き物が逃げ出して下水道にいたり、中には飼っていた人が飼いきれなくなって、下水道に捨ててしまったりしているらしいという話を聞いて、下水道にはいろいろな変わった生き物が生活しているかもしれないという期待を持ち、このお話を書いたそうです。

ちょっとナンセンスな話ですが、低学年にも好まれます。まるごと読み聞かせをしてもいいでしょう。

世界傑作童話

番ねずみのヤカちゃん

リチャード・ウィルバー さく
松岡享子 やく
大社玲子 え
福音館書店
21×19cm
ハードカバー
72ページ
本体価格：1,300円
1992年

- 特技
- ネズミ
- 声・鳴き声
- どろぼう
- 役に立つ
- わな
- 歌
- 留守番・見張り
- 家・家具

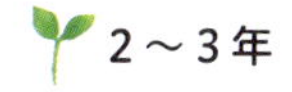
2～3年

ドドさんの家の壁の隙間に、お母さんねずみと4匹の子ねずみが住んでいました。3匹はおとなしいのですが、4番目の子ねずみは声が大きく、“やかましやのヤカちゃん”と呼ばれていました。ドドさんに見つからないように静かに暮らさなければならないのに、ヤカちゃんは声を小さくすることができません。そのため、ドドさんたちは、ネズミが住んでいることに気がついてしまいます。

マイペースで周りに構わないのびのびしたヤカちゃん。何度危ない目にあっても、そのたびにお母さんに教わった歌がヤカちゃんを救ってくれて、終わり方も温かい本です。

章立てにはなっておらず文章の量も多いので、少し読みなれてきたらすすめてみましょう。

世界傑作童話

エルマーのぼうけん

ルース・スタイルス・ガネット さく
ルース・クリスマン・ガネット え
わたなべしげお やく
福音館書店
22×16cm
ハードカバー
128ページ
本体価格：1,200円
1963年

キーワード
- 竜
- 冒険
- 知恵
- 原作本
- 道具
- 救助
- 飛ぶ
- 島
- ネコ
- 航海

2～4年
シリーズ

エルマー少年は、冷たい雨の日に助けた年とったのらネコから、どうぶつ島にいる竜の話を聞きました。その竜は、川を渡るためにつながれ、働かされているというのです。竜を助けるため、リュックに荷物を詰めて、船に忍び込み、エルマーの冒険が始まります。

色鮮やかな挿絵とともに長く親しまれている名作です。勇敢に立ち向かいながらも、戦いに使う道具が、輪ゴムや歯ブラシなど、身近なものであることに、幼い子でも感情移入しやすいでしょう。見返しの地図を見ながら楽しむ子もたくさんいます。

この本のシリーズには『エルマーとりゅう』『エルマーと16ぴきのりゅう』があり、3冊とも大人気です。章立てになっていて、1章ずつ読み聞かせることもできます。

せかいのどうわ

ポリーとはらぺこオオカミ

キャサリン・ストー 作
掛川恭子 訳
岩波書店
22×16cm
ハードカバー
86ページ
本体価格：1,000円
1979年

キーワード
- 頭を使う
- 昔話
- オオカミ
- 空腹
- まぬけ

2～3年
続編あり

ポリーは賢い女の子です。オオカミがポリーを食べようと「ジャックと豆の木」や「3びきのこぶた」のまねをしてあの手この手で来るのですが、ポリーの方が一枚上手です。ポリーは、食べられてしまうかもしれない緊張感の中でも、時には言う通りになってあげるなど、オオカミの気分を良くして調子に乗せながら、うまく切り抜けていきます。自分で考えることのできない間抜けなオオカミは、いつも失敗に終わるのです。

昔話をベースにした短編集で、ポリーとオオカミのやりとりがおもしろい本です。出てくる昔話は有名なものばかりですが、昔話を先に知っていた方が楽しめるので、昔話集とともに紹介してもよいでしょう。ポリーと同じ気持ちになっている子どもたちには、ポリーが食べられてしまうかとハラハラドキドキする場面もありますが、ポリーの機転の利く対応が痛快で、皮肉を理解し始める中学年が特に楽しめるでしょう。続編が2巻あります。

こねこのレイコは一年生

ねぎしたかこ 作
にしかわおさむ 絵
のら書店
22×16cm
ハードカバー
127ページ
本体価格：1,200円
2014年

キーワード
- ネコ
- 学校
- お手伝い
- 迷子
- お手柄
- 春
- きまり
- 1年生

2～3年

霊園で、丘の上の電気屋さんに拾われたこねこのレイコは、ご主人と仲良く暮らしていました。しかしレイコは騒がしいので、ご主人は落ち着いて仕事をすることができません。丘の上町では、ねこの子どもはねこの小学校に通うことになっています。ご主人はレイコに賢いねこになってもらうため、4月から学校に通わせることにしました。レイコは、学校ではいい先生たちに出会い、町ではねこや人間の大人たちに恵まれて、無事にねこの小学校を卒業します。

ねこもきちんと学校に通って、交通ルールや世の中のことを学ぶところがおもしろいです。町の人たちも温かくねこに関わっています。家の中の世界から飛び出して友達や周りの人と交わりながら、社会に溶け込んでいく学童期の子どもにぴったりです。

世界傑作童話

どうぶつむらのがちょうのおくさん１のまき

ごきげんいかが がちょうおくさん

ミリアム・クラーク・ポター さく
まつおかきょうこ やく　こうもとさちこ え
福音館書店
20×15cm
ハードカバー
104ページ
本体価格：1,000円
2004年

キーワード
- まぬけ
- 変わり者
- マイペース
- 鳥

2～5年

がちょうおくさんは、ある朝、玉ねぎの種をまきます。お昼を過ぎても、本を読んで編み物をして時間がたっても、玉ねぎの芽はちっとも出てきません。どうぶつむらのみんなは「そんなに早くは芽は出ない」と言うのですが、がちょうおくさんは待ちきれず、玉ねぎに時間を知らせる鐘まで鳴らします。

がちょうおくさんは、大真面目におかしなことをする主人公で、子どもはすぐに親しみを持って楽しみます。難しいことばもないので、どんどん読み進められます。章立てになっているので、本の中の１つのお話を読んであげてからすすめるのも効果的です。

シリーズの『おっとあぶないがちょうおくさん』も同じように楽しい本ですが、現在は絶版です。学校図書館で所蔵していれば大切にしてほしいです。

コラム❶

本を読めるようになるには

私たち学校司書は、保護者や先生から「本が読めない子は、どうしたら読めるようになるでしょうか」という質問をよく受けます。それには、感動するような内容の深い本と出合うことがポイントです。そのような心を動かす本と出合う体験ができれば、あとは自然と本のおもしろさに引きこまれていきます。なかなか自分からは手に取ってくれないかもしれませんが、力のある本を、根気よくすすめていくことが大切だと思います。

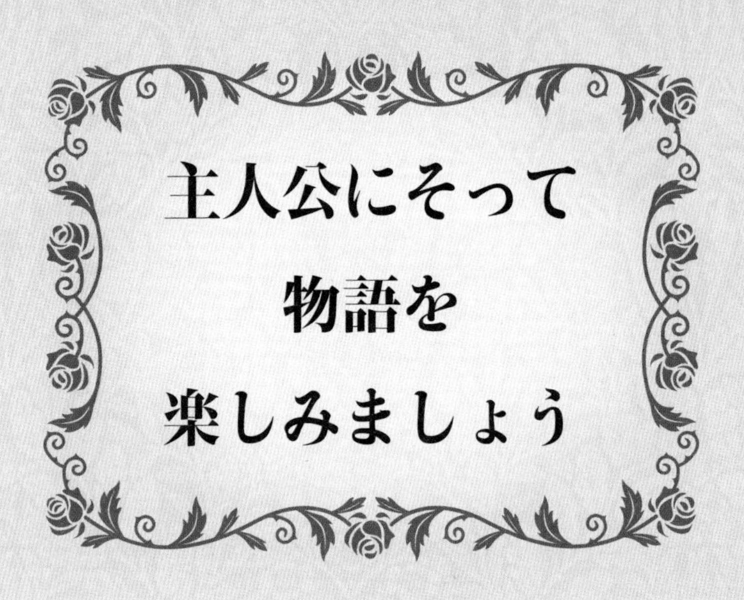

主人公にそって物語を楽しみましょう

読み物に慣れてきた低学年や、まだ本に慣れていない中学年も、読みやすい本から楽しめば、読書へのハードルは下がります。短いお話をきちんと読み通す経験を重ねることで、自信もつき、だんだんと長い物語も楽しめるようになります。

本のチカラ

なんでもただ会社

ニコラ・ド・イルシング 作
末松氷海子 訳
三原紫野 絵
日本標準
22×16cm
ハードカバー
96ページ
本体価格：1,300円
2008年

キーワード
- 無料
- 電話
- わな

2～4年

ある退屈な日、電話で遊ぶことを思いついたティエリー少年が、あてずっぽうの番号に電話をかけると"なんでもただ会社"につながりました。その会社に会員登録をすると、"ん"で終わるもの以外は、なんでもただでもらえるというのです。ただし、もし最後に"ん"のつく物を頼んでしまうと、もらった物を全部返すか、宇宙の果てにある星へ行って死ぬまで働かなければならない、という条件つきです。ティエリーは会員になって、まずはトラックをもらい、次は飛行機、その次はボールというようにおもちゃをもらいますが、電話の相手は、ティエリーに"ん"で終わる物を言わせようと、次々にわなを仕かけてきます。ティエリーは、何度も"ん"のつく言葉を言いかけてはのみ込むのですが、うまく切り抜けられるでしょうか。
"ただ"ということの意味について考えさせられる、ハラハラドキドキのお話です。

岩波少年文庫 241

とびきりすてきなクリスマス

リー・キングマン 作
山内玲子 訳
岩波書店
18×12cm
ソフトカバー
120ページ
本体価格：640円
2017年

キーワード
- クリスマス
- 家族
- プレゼント
- 手作り
- 冬
- きょうだい
- サプライズ
- アメリカ

2～4年
ハードカバー版品切

大家族の農家の男の子エルッキは、クリスマスが待ち遠しくてたまりません。毎年、家族皆で楽しく迎えるクリスマスですが、今年はクリスマスの前に、お兄さんの乗った船が行方不明という悲しいニュースが飛び込んできます。エルッキたちはいつものようなすてきなクリスマスを迎えられるのでしょうか？

今年はお兄さんの代わりに自分がなんとかして家族を喜ばせようとするエルッキの優しさ、そしてプレゼントを与えられるだけの立場から与える喜びを知るという、エルッキの成長した様子もうかがえます。エルッキにそってドキドキワクワクしながらクリスマスを迎える気持ちを共有して楽しめるでしょう。

読むのにふさわしい季節は限られるものの、あっという間に読めるので、読書になじみがない中高学年にもおすすめです。

岩波少年文庫 239

月からきたトウヤーヤ

蕭甘牛 作
君島久子 訳
岩波書店
18×12cm
ソフトカバー
192ページ
本体価格：640円
2017年

キーワード
- ウサギ
- 月
- わらじ
- トウモロコシ
- 鳥
- 中国
- なぞなぞ
- おばあさん
- 探し物
- 種

2～6年
ハードカバー版品切

山里で、わらじを編んで暮らす“わらじばあさん”。ある満月の日、月からわらじを求めてきたおじいさんに、わらじを編んであげたところ、トウヤーヤという名の男の子を授かります。おばあさんは、子どもを授かったことを喜び、一生懸命トウヤーヤを育てます。しかし、おばあさんはトウヤーヤを育てる苦労で、目が見えなくなってしまいます。そんなおばあさんのため、どんな病気も治すことができるという金の鳥を求めて、トウヤーヤは冒険の旅に出ます。中国のチワン族に伝わる民話を素材にしたお話です。

なぞなぞもあり、無駄な箇所がなく、完成された力強い本です。厚い本ですが文章は簡潔で読みやすいです。月がきれいな時季に、２年生以上の“月”をテーマにしたブックトークに入れてもいいでしょう。

世界傑作童話

ミリー・モリー・マンデーのおはなし

ジョイス・L・ブリスリー さく
上條由美子 やく
菊池恭子 え
福音館書店
22×19cm
ハードカバー
200ページ
本体価格：1,400円
1991年

キーワード
- お客さま
- 名前
- 買い物
- お手伝い
- プレゼント
- パーティー
- 家族
- 隣近所
- 友達
- 短編集

2～4年
続編あり

お父さんとお母さんと、おじいちゃんとおばあちゃんと、おじさんとおばさんと暮らす小さな女の子ミリー・モリー・マンデー。家族全員からそれぞれ用事を頼まれ、一生懸命覚えながらおつかいをやりとげる「おつかいにいく」など、12のお話が収められています。どのお話も家族からの愛が感じられます。子どもがやってみたいと思う、小さな屋根裏部屋を自分の部屋にもらって心地よく整える、森の中で迷子のハリネズミの赤ん坊を保護して育てるなど、ワクワクする新しいことに満ちています。少しがんばってチャレンジすることもありますが、結末は安心してほっとできる本です。

表紙をめくると、ミリー・モリー・マンデーの住む村の地図が見開きで描れていて、お話の理解を助けてくれます。

続編に『ミリー・モリー・マンデーとともだち』があります。

岩波少年文庫 003

ながいながいペンギンの話

いぬいとみこ 作
大友康夫 画
岩波書店
18×12cm
ソフトカバー
190ページ
本体価格：640円
2000年

キーワード
- きょうだい
- 冒険
- 南極
- クジラ
- ペンギン

2～4年
ハードカバー版品切

南極大陸で生まれたペンギンの双子のきょうだいルルとキキ。兄のルルは活動的で冒険好き、弟のキキは寒がり屋で慎重派です。そんな２匹のペンギンの周りには生まれた時から危険がいっぱいです。雪原でカモメに狙われたり、氷山の上で眠っているうちに流されたり、毎日がハラハラドキドキのスリルある日常です。しかしきょうだいは持ち前の好奇心、冒険心で前へ進み、それを大人のペンギンたちが大きな愛情で支えます。

物語はルルとキキの成長段階に応じて、３つの章に分かれています。子どもたちは、２匹が成長していく様子を自分に置き換えて共感しながら楽しんで読むことができます。特に２匹が思春期の頃になると、高学年が共感できることばも出てきます。

ファンタジーですが、生き物の生態も事実にそってしっかり描かれています。絵もお話によく合っていて、読者が楽しく読み進める手助けをしてくれます。

チム・ラビットのぼうけん

A・アトリー 作
石井桃子 訳
中川宗弥 画
童心社
22×16cm
ハードカバー
192ページ
本体価格：1,500円
1967年

キーワード
- ウサギ
- 自然
- 親子
- 短編集
- 好奇心
- 傘
- はさみ
- 草原
- 動物

2～4年
続編あり

チムは勇敢で好奇心旺盛なウサギの子です。豊かな自然の中、初めて感じる風や、初めて見る雷に驚く幼いチムと、包み込むように見守る優しいお母さんやお父さんとの日常を描いた９つの短編集です。「チム・ラビットとはさみ」というお話では、チムは、草刈り場で誰かが落としたはさみを拾います。お父さんが棚の上にしまっておいたのですが、チムは“なんでも”切れるのが楽しくて、とうとう自分の毛まで切ってしまいました。

子どもは、主人公のチムにぴったり寄り添って読み進めていくでしょう。ボリュームはありますが、１話完結式の章立てになっていて、漢字が少なく外来語もひらがな表記されているので、読む力のある低学年や、読書が苦手な中学年にもおすすめの本です。

続編の『チム・ラビットのおともだち』も楽しく読めます。

ビロードうさぎ

マージェリィ・ウィリアムズ ぶん
いしいももこ やく
ウィリアム・ニコルソン え
童話館出版
24×18cm
ハードカバー
48ページ
本体価格：1,400円
2002年

2～5年

キーワード
- ウサギ
- おもちゃ
- 奇跡
- クリスマス
- ぬいぐるみ
- 布
- 魔法
- 病気
- 本物

木綿のビロードでできた、おもちゃのうさぎは、クリスマスの朝、坊やの元にやって来ました。最新式のおもちゃの自慢話に落ち込むうさぎですが、壊れると捨てられていく子ども部屋の歴史を見てきた賢い木馬に励まされ、慰められます。やがて時間をかけて坊やに愛され、魔法によって“本当のもの”になったうさぎは、とても幸せでした。ところがある日、坊やが猩紅熱にかかり、身の回りの物を焼却処分することになります。ビロードのうさぎも燃やされることになったのですが、その晩、不思議なことが起こりました。

絵本の形をしていますが、文字が多いので低学年には読んであげるといいでしょう。

岩波子どもの本版（→p.29）は、挿絵が違っていてこちらもおすすめです。

ティリーのねがい

フェイス・ジェイクス 作
小林いづみ 訳
こぐま社
24×19cm
ハードカバー
32ページ
本体価格：1,200円
1995年

キーワード
- 人形
- 家・家具
- 願い
- 家出
- ぬいぐるみ
- 温室
- 勇気
- 実行
- 家事
- 家探し

2～5年
続編あり

ティリーは、人形の家に住む人形一家のメイドをしている木の人形でした。毎日料理番にこき使われる生活にうんざりしたティリーは、自由に暮らせてなんでも自分自身で決められる場所を求めて、家を出ることにしました。なかなかいい場所が見つかりませんでしたが、途中で出会ったクマのぬいぐるみのエドワードに、使われていない温室へ案内されました。そこが気に入ったティリーは、さっそく自分の家の手入れを始めます。

ティリーは小さい人形ながらも、前向きに行動して状況を変える勇気と実行力がある主人公です。人間の世界に入り込んだ周りの描写も人形の目で描かれていてリアルです。人間の出したごみを使って工夫していく様子は、なるほどと思わせてくれます。どこかお人形遊びをしているかのような楽しさを味わわせてくれる本です。絵本の形ですが、高学年でも楽しめます。続編に『ティリーのクリスマス』があります。

ちびドラゴンのおくりもの

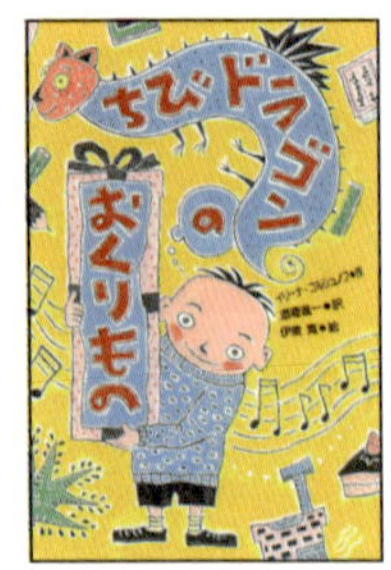

イリーナ・コルシュノフ 作
酒寄進一 訳
伊東寛 絵
国土社
22×16cm
ハードカバー
107ページ
本体価格：1,200円
1989年

キーワード
- 友達
- 自信
- 成長
- ドイツ
- いじめ
- 劣等感
- 学校
- 訓練・修行
- 竜

3～4年

ハンノーはいつも友達にからかわれるので、もう学校になんか行きたくありません。でも、さぼるわけにもいかず、学校に行った帰り道、公園で小さなドラゴンに出会います。聞けばこのドラゴンも、ドラゴンの国の学校でいじめられているというではありませんか。ちびドラゴンはハンノーと友達になり、一緒に暮らし始め、ランドセルに入って学校にも行きます。好奇心旺盛のちびドラゴンと一緒だと、ハンノーは今まで苦手だと思っていた木登りも、運動も、音読も、いつの間にかできてしまうから不思議です。いつしか自信をつけ始めたハンノーをクラスの友達も認めてくれるようになりました。

ひとりぼっちだった男の子が、友達を得て自信をつけていく様子には、読者も元気をもらえます。主人公は１年生ですが、自分で読むなら３年生くらいからがいいでしょう。

世界傑作童話
おそうじをおぼえたがらない リスのゲルランゲ

ジャンヌ・ロッシュ＝マゾン 作
山口智子 訳　堀内誠一 画
福音館書店
22×16cm
ハードカバー
96ページ
本体価格：1,500円
1973年

キーワード
- そうじ
- わがまま
- リス
- オオカミ
- 意地っ張り
- 家族
- 嫌い
- 家出

3～4年

リスのゲルランゲは11人のきょうだいと、おばあちゃんと暮らしていますが、そうじを覚えるのは嫌なのです。意地っ張りのゲルランゲは、とうとう家を追い出されましたが、オオカミに食べられそうになってもまだ強情を張り、そうじをしようとしません。プライドの高いオオカミは、レベルの低いリスは食べられないと、ゲルランゲを教育しようとしますが、うまくいくでしょうか。

少しなまけもので、意地っ張りですが、元気ですばしこくあいきょうのある主人公は、幼い時代の子どもそのものです。本当は怖いはずのオオカミが気の毒に見え、それもまた周りの大人そのものとも感じられます。堀内誠一の絵がふんだんに盛り込まれ、さっと読める楽しいお話を求める中学年向きです。

続編の『けっこんをしたがらないリスのゲルランゲ』も楽しい本ですが、現在は発行されていません。

リンドグレーン作品集４

やかまし村の子どもたち

アストリッド・リンドグレーン 作
大塚勇三 訳
岩波書店
22×16cm
ハードカバー
200ページ
本体価格：1,900円
1965年

３～５年
シリーズ
岩波少年文庫版あり

キーワード

- 遊び
- 原作本
- クリスマス
- 友達
- 誕生日
- 隣近所
- 夏
- きょうだい
- スウェーデン

リーサは２人のお兄さんがいる７歳の女の子です。村には３軒しか家がなく、子どもは男女３人ずつ全部で６人しかいません。２人の兄は、寝る前に怪談をするので、リーサは困っています。でも、リーサは７歳の誕生日に自分だけの部屋をもらいました。しかもそれは、隣家の女の子たちの部屋と向かい合っていたので、２つの部屋の間に長いひもを渡して、手紙の交換ができるようになりました。子どもたちは男女みんな仲良しで、一緒に干し草置き場で寝たり、小屋を作ったりして楽しみます。

小さな集落で暮らす子どもたちの誕生日や夏休み、クリスマスなどの子どもの好きな行事を中心に楽しく遊ぶ様子を描いています。子どもを囲む周りの大人たち、自然や動物などとともに、子どもの日常が描かれているので、登場人物にそって読みやすいでしょう。読んでもらえれば２年生から、自分で読むなら３年生の夏休みくらいからがいいでしょう。

日本の創作児童文学選

モグラ原っぱのなかまたち

古田足日 作
田畑精一 絵
あかね書房
22×16cm
ハードカバー
170ページ
本体価格：1,300円
1968年

キーワード

- 仲間
- 原っぱ
- 学校
- 先生
- 自然破壊

3～4年

２年２組のなおゆき、かずお、あきら、ひろ子は、いつも一緒にモグラ原っぱで遊びます。夏休みの宿題ができず、名誉挽回(ばんかい)したい４人は、展覧会に出すための虫を掃除機で捕ろうとしたり、涙をためて塩を作ろうとしたりと、愉快な発想を実際にやってみます。涙をたくさんためるには、いじめっ子と一緒にいればいじめられた子から涙が取れるだろうと、１週間もの間いじめっ子について回り、結果的に、誰もいじめることができなかったので、４人が予定外に褒められるなど、子どもらしい思いつきと行動力を後押ししてくれるようなお話集です。

昭和40年頃の時代背景で、原っぱや空き地がたくさんあり、登場する先生も校長先生も人柄が良くおおらかです。一話完結のユーモアあふれる話が10話入っています。のびのびと様々な事にチャレンジしていく主人公たちに、読者も仲間になったような気分になれるでしょう。読んでもらえれば２年生でも楽しめます。

ミルドレッドの魔女学校１
魔女学校の一年生

ジル・マーフィ 作・絵
松川真弓 訳
評論社
21×16cm
ハードカバー
110ページ
本体価格：1,200円
2002年

キーワード
- 学校
- 試験
- 寄宿舎
- 騒動
- ハロウィーン
- 魔法使い
- 失敗
- 成功・達成

3～4年
シリーズ
てのり文庫版品切

カックル魔女学校のミルドレッドは、開校以来の不出来な魔女です。ある日うっかり口にしてしまったおまじないで、優等生でいじわるなエセルを子ブタに変えてしまいます。エセルの仕返しを受け、学校に嫌気がさしたミルドレッドは、ひそかに学校から逃げ出し、森に迷い込みます。そして偶然、森の中で見知らぬ魔女たちが、ハロウィーンの祝賀会の後、学校に忍び込み、学校を乗っ取る計画を立てていることを知ります。そこでミルドレッドは、学校を救うために立ち上がります。

ハリー・ポッターと世界観が似ていますが、ページ数も少なく読みやすい魔女の物語です。長い文章が苦手な子には、ぜひこちらのシリーズをすすめたいです。

魔女学校のシリーズは、ほかに３巻あり、中学年の女子に好まれています。３年生の後半くらいから読める作品です。

世界のどうわ傑作選５

びりっかすの子ねこ

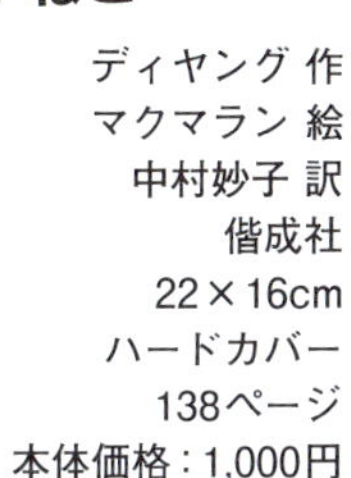

ディヤング 作
マクマラン 絵
中村妙子 訳
偕成社
22×16cm
ハードカバー
138ページ
本体価格：1,000円
1966年

キーワード

- ネコ
- 自立
- 家探し
- プレゼント
- きょうだい

3～4年

犬屋さんの納屋で子ねこのきょうだいが生まれました。中でも末っ子の子ねこはみそっかすで、出かけたきょうだいを追いかけようとした途端、年寄り犬の頭の上に落ちてしまいました。けれども、その年寄り犬とも仲良くなって、次第に外の世界も楽しむようになります。ある日、日が暮れて戸を閉められ、納屋に戻れなくなってしまった子ねこは、仕方なく一晩過ごさせてもらう家を探しに一軒一軒訪ねることにしました。小さくて、いつもおなかが空いていて、寂しい子ねこが、一晩の冒険の末、優しい友人やご主人と出会うお話です。

か弱く小さい子ねこが、あちこちの家を訪ね回るものの、ねこを飼っている家でもよそのねこに優しくしてくれるわけではありません。世間の厳しさや捨てねこのかわいそうな運命を見ているかのようです。最後にはすてきなハッピーエンドを迎えるので安心してすすめられます。

せかいのどうわ

パディーの黄金のつぼ

ディック・キング=スミス 作
三村美智子 訳
岩波書店
22×16cm
ハードカバー
142ページ
本体価格：1,400円
1995年

- 誕生日
- 農場・牧場
- 妖精
- 小人
- 靴
- 動物との会話
- つぼ
- 宝物
- アイルランド

3～4年

　ブリジットは8歳の誕生日に、4つの条件が奇跡的にそろって、パディーという名前の174歳の小人に会うことができました。その日から、パディーはブリジットにとって大切な友達になります。パディーは動物のことばがわかり、ブリジットにブリジットの家の家畜との話の内容や伝言を伝え、困っている家畜たちを2人で協力して助けます。

　パディーは、昔からアイルランドで信じられている小人で、黄金のつぼを埋めて持っているという伝説があり、作者はこの伝説を基にこの話を書きました。ブリジットが、裕福ではないけれど､両親にとても愛されて育っているさまが描かれていて、ほのぼのとした温かい家族の様子が伝わってきます。アイルランドに伝わる妖精は、かわいらしいというより緑色で年老いた雰囲気の小人ですが、抵抗はないでしょう。

新しい世界の童話10巻

小さなスプーンおばさん

アルフ=プリョイセン 作
大塚勇三 訳
学研
23×16cm
ハードカバー
168ページ
本体価格：900円
1966年

3～4年
シリーズ

キーワード
- 災難
- ホットケーキ
- ノルウェー
- スプーン
- 原作本
- 家事
- 夫婦
- 知恵
- おじさん・おばさん
- 大きくなる・小さくなる

ある晩、いつも通りにベッドで寝て、次の朝いつも通りに目を覚ましたおばさんは、ティースプーンくらいに小さくなっていました！　ちょうどその日は、やることがどっさりあったのです。そこでおばさんは、ネズミやネコやイヌを上手に使って掃除や皿洗い、片づけをして、雨や風や太陽をけしかけて洗濯を済ませ、つぼやフライパンやパンケーキをおだてて昼ご飯を作ります。そして、おじさんがドアを開けたその途端、おばさんはいつもの大きさに戻ったのです。

予期せぬ時に大きくなったり小さくなったりするおばさんが、突然降りかかる災難にも全く動じず、機転を利かせて行動する様子が楽しく描かれています。本が苦手な子でも読んであげれば、続きを読みたくなるでしょう。1章が10分前後で読めるので、連続した読み聞かせにも使えます。シリーズの本がほかに2冊あります。

みにくいおひめさま［新装版］

フィリス＝マッギンリー さく
まさきるりこ やく
なかがわそうや え
瑞雲舎
23×19cm
ハードカバー
96ページ
本体価格：1,500円
2009年

キーワード
- 顔
- 心持ち
- 成長
- 美しさ
- 改心
- 本物
- 王族・貴族

3～5年
出版社変遷：学研→瑞雲舎

昔、エスメラルダという一人っ子の王女がいました。お金持ちで、力のある優しい父、優しく愛情深い母、すてきな部屋、たくさんのドレスを持っていました。でも、1つだけ足りないものがあったのです。エスメラルダは国中の人々が嘆くほど美しくありませんでした。それは、8歳の誕生日パーティーで婚約者の王子様から逃げ出されるほどでした。

これにショックを受けたエスメラルダに、両親も困ってしまいます。そこで「みにくい娘を、美しく変えることのできるものには金貨一袋をとらせ、しくじったら首をはねる」という懸賞を出すことにしたのです。奇跡は起きるのでしょうか。

“美しさ”とは持って生まれた見た目だけではなく、心の持ちようや行動ですてきに変わっていけるということ、つまり心の美しさが生き方を美しくするということを無理なく教えてくれる本です。主人公が両親から愛されているのもいいです。

世界でいちばんやかましい音

ベンジャミン・エルキン 作
松岡享子 訳
太田大八 絵
こぐま社
18×18cm
ハードカバー
36ページ
本体価格：1,100円
1999年

キーワード
- 世界一
- 王族・貴族
- おふれ
- 音
- 声・鳴き声
- 誕生日
- 好奇心

3～6年

　昔、ガヤガヤという世界で一番やかましい町がありました。中でもこの町の王子はやかましいことが大好きで、ドラム缶とブリキのバケツを高く積み上げて山にし、大きな音を立ててガラガラガッシャンと山を崩す遊びが大好きでした。そんな王子が、自分の誕生日のプレゼントに王様にお願いしたのは、世界で一番やかましい音を聞くことです。そこで王様は、王子の誕生日の同じ時刻に、世界中で一斉にやかましい音を出すようにおふれを出します。おもしろい考えだとたくさんの人が賛同しますが、一方で、自分もその音を聞いてみたいと思う人もいました。果たしてどんな結果になったでしょうか。

　絵本のような装丁ですが、中高学年でも楽しめます。読み物に慣れていない子でも、どんな結末かが気になって最後まで読めるでしょう。おしゃべりの多いクラスで読み聞かせをしてもいいかもしれません。

岩波少年文庫 210

エーミルはいたずらっ子

アストリッド・リンドグレーン 作
石井登志子 訳
岩波書店
18×12cm
ソフトカバー
154ページ
本体価格：640円
2012年

キーワード
- いたずらっ子
- スウェーデン
- 騒動
- 家族

3～5年
シリーズ

天使のようにかわいらしい5歳のエーミルは、実はとてもいたずらっ子です。スープ鉢に頭を突っ込んで大騒ぎになったり、妹を旗立て柱にぶら下げたり、次から次へといたずらを繰り返します。お母さんは時々かばってくれますが、大人は皆困り顔です。

破天荒だけど憎めないいたずら坊主のエーミルが引き起こす騒動は、読者を引きつけます。スウェーデンの風景や食べ物もよく描かれています。

旧版のハードカバー版であれば、2年生くらいでも紹介できますが、現在購入できる岩波少年文庫版だと4年生くらいが適当でしょう。読書に慣れていない子でも、楽しく読みやすい一冊です。特に岩波少年文庫版は、装丁が高学年向きにも見えるので、きちんとした本を読んだ満足感を得ることができるでしょう。

世界傑作童話

黒ネコジェニーのおはなし1

ジェニーとキャットクラブ

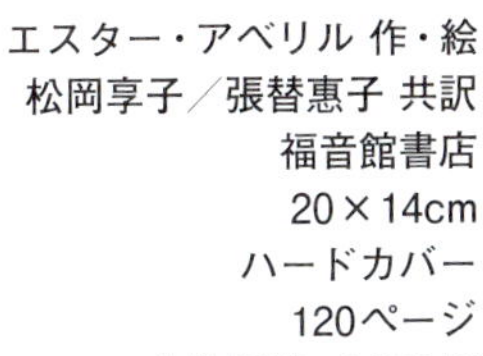

エスター・アベリル 作・絵
松岡享子／張替惠子 共訳
福音館書店
20×14cm
ハードカバー
120ページ
本体価格：1,300円
2011年

3～5年
シリーズ

キーワード

- 特技
- 勇気
- ネコ
- 仲間
- 成長
- スケート
- はずかしがりや
- 劣等感
- マフラー
- アメリカ

小さな黒ネコのジェニーは、船長さんに保護された、怖がりで人見知りのネコです。ネコたちの集まり、キャット・クラブに入るのにも、物おじしてしまい、なかなかうまくいきません。なぜなら、ジェニーには得意なものがないからです。自分にできることはないかと一生懸命探すジェニー。そのジェニーにクリスマスの前の晩、すてきなプレゼントが届いたのです。この「ジェニーがキャットクラブに入るはなし」のほかに２話収められています。

はにかみやの主人公が、元々輪ができているグループの中に勇気を出して入っていくことで、世界がどんどん広がります。読者の子どもたちも気持ちを重ねて読めるので、中高学年に幅広く人気があります。随所に散りばめられたイラストもストーリーに合っています。シリーズも続けて読んでほしいです。

小さいおばけ

オトフリート・プロイスラー 作
フランツ・ヨーゼフ・トリップ 絵
はたさわゆうこ 訳
徳間書店
23×16cm
ハードカバー
192ページ
本体価格：1,500円
2003年

3～5年

キーワード
- 鍵
- ドイツ
- 屋根裏
- おばけ
- フクロウ・ミミズク
- 城
- 光
- 月
- 探検
- 変身

ドイツのフクロウ城に、白くて小さい夜おばけが住んでいました。夜12時から１時までの１時間だけ起きてお城の見回りをしたり、シューフーという仲良しのミミズクと楽しく過ごしたりしています。おばけは、いつか昼の世界を見てみたいと思っていました。ひょんなことから太陽の光を浴びて真っ黒な昼おばけになれたのですが、町の人に怖がられ、大騒動を起こしてしまいます。なんとかして夜の世界に戻りたくなったおばけは、子どもたちの手を借りてシューフーのところへ相談に行きました。

おばけといっても全く怖くなく、かわいいキャラクターのような存在感です。夜の不気味な雰囲気の中を探検するちょっぴりぞくぞくする感じや、昼の大騒ぎなど、おばけと一緒に夜と昼の対照的な世界を楽しめます。最後にはなんとかして元に戻りたいというおばけを応援してあげたくなるでしょう。

新しい世界の童話３巻

小さい魔女

オトフリート・プロイスラー 作
大塚勇三 訳
学研
23×16cm
ハードカバー
192ページ
本体価格：900円
1965年

キーワード
- 祭り
- 訓練・修行
- 試験
- 罰
- ドイツ
- 復しゅう・仕返し
- ほうき
- 魔法使い
- 原作本
- 鳥

3～5年

小さい魔女はまだほんの127歳、魔女の中では未熟者です。一人前の魔女だけが参加できるワルプルギスの夜の踊りには、まだ参加できません。どうしても参加したい小さい魔女は、大勢の魔女に紛れてこっそり出かけますが、大きい魔女に見つかりすぐに家に帰るように命令されます。しかし、小さい魔女が魔女のお頭に、来年は来てもいいかと聞くと、来年の踊りの前の日にテストを受け、合格すれば来てもいいと言われます。そこで、小さい魔女はテストに合格するために一生懸命努力します。しかし、テストの日には意外な結果が待っていました。

時々ヘマもする小さい魔女は、読み手の心をつかんで離さない主人公です。学芸会で魔女が出てくる出し物をやる時や、ハロウィーンの頃にもすすめやすいです。中学年～高学年の“魔女”をテーマにしたブックトークにも使えるでしょう。

福音館創作童話

くしゃみ くしゃみ 天のめぐみ

松岡享子 作
寺島龍一 画
福音館書店
21×19cm
ハードカバー
96ページ
本体価格：1,500円
1968年

3～5年

キーワード
- くしゃみ
- しゃっくり
- いびき
- おなら
- あくび
- 笑い話
- 雷
- 特技
- 短編集

昔話風の物語の短編集です。「くしゃみくしゃみ天のめぐみ」では、人や家まで吹き飛ばすほどの大きなくしゃみをする“くしゃみのおっかあ”が出てきます。この母親、子どもが生まれて役場に名前を届けるときに大きなくしゃみをしたせいで、その息子に“はくしょん”という名がついてしまったのです。“はくしょん”は大きくなるとひとり立ちするために、母親にてんぐ山の向こうへ吹き飛ばしてもらいました。“はくしょん”は幸せになれるのでしょうか。

章ごとに、くしゃみやあくび、おならなど、少しはずかしいような生理現象をテーマにしていますが、不快な表現ではありません。全部通して読まずに、1章だけ読んでも楽しめるので、読書の苦手な子や、時間の短い朝読書にも向いています。

20年以上前の版では、不適切表記があるので注意してください。

児童文学創作

龍の子太郎［新装版］

松谷みよ子 著
田代三善 絵
講談社
22×16cm
ハードカバー
220ページ
本体価格：1,400円
2006年

- 竜
- 冒険
- 目
- 伝説
- おきて
- 湖・池
- お母さん
- 原作本

3～5年
講談社青い鳥文庫版あり

のんきで、なまけものの太郎は、ばあさまと２人で暮らしています。ばあさまが朝から晩まで働いている間、野山のけものたちや、笛の上手なあやと遊び暮らしていました。ある日、けがをして寝込んでしまったばあさまから、「母親は龍になったが、遠い湖で太郎を待っているかもしれない」と聞かされます。同じ頃、あやが赤鬼にさらわれてしまいますが、太郎は天狗（てんぐ）の力を借りて、あやを助け出します。そしてついに母親探しの旅に出かけます。貧しい山の暮らししか知らなかった太郎でしたが、様々な苦難の中で、豊かに暮らすための手立てを見つけ、母との再会を目指します。

なまけものだった主人公が、頼もしく、賢く成長していく姿が子どもたちにも勇気を与えることでしょう。民話をベースに創作された物語です。

野うさぎのフルー

リダ・フォシェ 文
フェードル・ロジャンコフスキー 絵
いしいももこ 訳編
童話館出版
26×23cm
ハードカバー
36ページ
本体価格：1,500円
2002年

3～6年

キーワード

- 自然
- 友達
- 結婚・離婚
- 危機一髪
- 草原
- ウサギ

フルーは林のはずれに住んでいるひとりぼっちの野うさぎです。ある日、同じうさぎ仲間の娘を大ガラスから助けてやったことで、仲良くなった2匹は草原で楽しく過ごしますが、突然銃声が響き、イヌに追いかけられ、別れ別れになってしまいます。

野うさぎの生態や自然の様子が、美しい絵とともに詳しく描写されています。2匹のうさぎが草原でおいしいものを食べたり、楽しいものを見たりする様子や、命からがらうまく逃げる様子など、リアリティーがあって、主人公に共感して読むことができます。緊張感もありますが、最後にほっとできるので安心して子どもたちにすすめられます。

ほかに、クマ、リス、カモを主人公にした同じ作者の本もあります。動物が好きな中学年あたりがよい対象でしょう。国語で椋鳩十作品を勉強する時に、紹介してもいいでしょう。

リンドグレーン作品集1

長くつ下のピッピ

リンドグレーン 作
大塚勇三 訳
岩波書店
22×16cm
ハードカバー
264ページ
本体価格：1,700円
1964年

キーワード

- 原作本
- サル
- 型破り
- 友達
- 木登り
- 靴下
- 騒動
- スウェーデン
- パーティー
- 力持ち

3～5年
シリーズ
岩波少年文庫版あり
ハードカバーニューエディション版あり

ピッピ・ナガクツシタは、力持ちで怖いもの知らずの9歳の女の子です。お母さんは天使、お父さんはどこかの島の王様だと信じています。ピッピはごたごた荘でサルとウマと一緒に暮らしています。お行儀は悪いし、床で豪快にクッキーを作ったり、入ってきたどろぼうをへとへとにさせてしまったりと破天荒で、勝手気ままに暮らすピッピですが、隣家のトミーとアンニカはピッピと一緒に遊ぶのが楽しくてたまらないのです。

底抜けに明るく、常識にとらわれないピッピの天真爛漫（てんしんらんまん）な日常は、笑いを誘います。学校も合わず、お行儀も悪い主人公ですが、読者の“こんなふうに自由に遊んだり暮らしたりしてみたい”という夢をかなえてくれます。

ただ、第二次世界大戦終戦の頃に書かれたからでしょうか、当時の発展途上国に対してやや差別的な表現が、ピッピのことばの中にかなり出てくることを、踏まえておくといいでしょう。

〈新版〉ヒキガエルとんだ大冒険 1

火曜日のごちそうはヒキガエル

ラッセル・E・エリクソン 作
ローレンス・ディ・フィオリ 絵　佐藤涼子 訳
評論社
21×16cm
ハードカバー
82ページ
本体価格：1,100円
2008年

キーワード

- 友情
- フクロウ・ミミズク
- ごちそう
- 救助
- 生きるか死ぬか
- スキー
- カエル
- 捕まる
- 冬

雪の中、おばさんに届け物をするためにスキーで出かけたヒキガエルのウォートンは、途中でミミズクに捕まってしまいます。ミミズクはウォートンを6日後の火曜日、自分の誕生日のごちそうにすると宣告します。ところがウォートンはミミズクに“ジョージ”とあだ名をつけ、お茶の準備を始めるのです。食べられてしまうその日まで毎日お茶の時間を楽しむ、奇妙な生活が始まります。いつしか2人の気持ちが少しずつ変わっていくようで、主人公がどうなってしまうのか、ハラハラドキドキしながら、ぐいぐいとお話に引き込まれます。

ミミズクに捕まったウォートンがすぐに食べられるわけではなく、時間に猶予があるところがハラハラ感を引っ張っています。読みやすく、楽しい全7巻なので、続きも読んでほしいです。

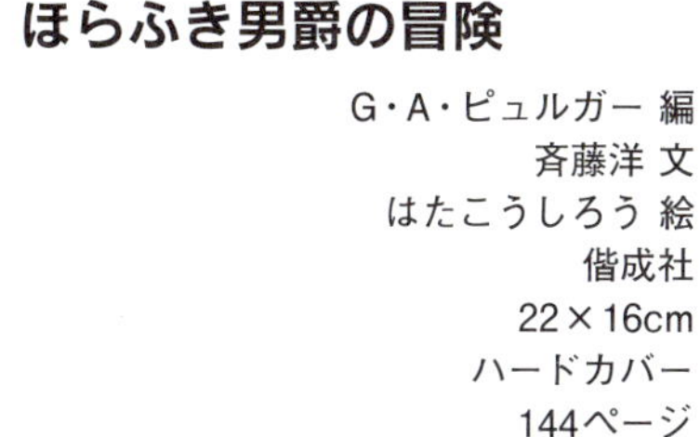

斉藤洋のほらふき男爵

ほらふき男爵の冒険

G・A・ピュルガー 編
斉藤洋 文
はたこうしろう 絵
偕成社
22×16cm
ハードカバー
144ページ
本体価格：1,000円
2007年

- ほら
- 冒険
- 王族・貴族
- うそつき
- 飛ぶ
- 世界の国々
- ペット・家畜
- ウマ

3～6年
シリーズ

そりで雪のロシアを旅していたミュンヒハウゼン男爵。すると後ろからものすごいスピードで大きなオオカミが追いかけてくるではありませんか。オオカミは男爵にかみつきますが、鉄が仕込んであるマントのお陰で命拾いをします。しかしオオカミは、その後そりをひいていたウマをのみ込んでしまい、さらに走り出していきます。

男爵の口で語られる、愉快な冒険物語です。数々の冒険物語はすぐにほらだとわかるのですが、男爵の話は全くの空想ではなく実際に起こりそうで、想像すると愉快です。日本には落語や狂言などの笑いの文化がありますが、海外の笑い話といってもいいかもしれません。

訳者やまとめ方が違う本が出版されていますが、この版が読みやすくておすすめです。はたこうしろうの絵もこのお話の雰囲気に合っています。

岩波少年文庫 112

オズの魔法使い

フランク・ボーム 作
幾島幸子 訳
岩波書店
18×12cm
ソフトカバー
262ページ
本体価格：700円
2003年

キーワード

- アメリカ
- 冒険
- 竜巻
- 原作本
- 魔法使い
- 仲間
- 勇気
- 希望
- 心
- 王族・貴族

3～6年

カンザスの大草原に住んでいたドロシーは、ある日突然起きた竜巻で、犬のトトと一緒に家ごとオズの国へ吹き飛ばされてしまいました。大好きなカンザスに帰りたいドロシーは、そこで出会った北の魔女に「エメラルドの都へ行ってオズ大王に助けを求めてはどうか」と教えてもらいます。途中でやはりオズ大王に願いを聞いてもらいたい、かかし、ブリキのきこり、臆病なライオンが仲間に加わり、皆でオズ大王に会いにエメラルドの都へ向かいました。

いきなり竜巻で見知らぬところに飛ばされる始まりから、その後に続く冒険が次々と巻き起こる意表を突く展開によって、読者を飽きさせません。悪者も出てきますが、軽快にピンチを切り抜けていくので、読み進めやすいです。物語の中で助けられた登場人物は必ず恩返しをするのも納得できる、肩の力を抜いて楽しめるファンタジーです。

なまけものの王さまとかしこい王女のお話

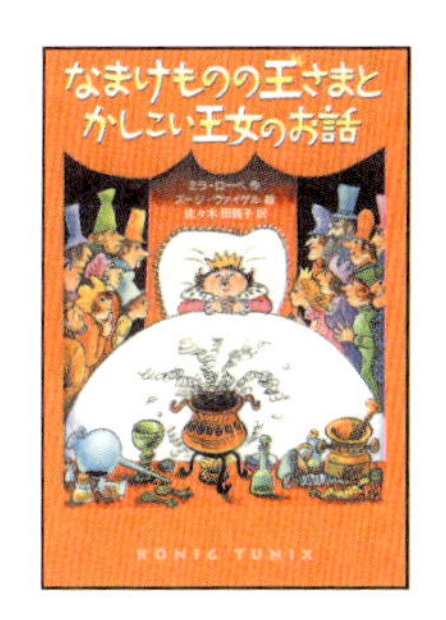

ミラ・ローベ 作
ズージ・ヴァイゲル 絵　佐々木田鶴子 訳
徳間書店
19×14cm
ハードカバー
136ページ
本体価格：1,300円
2001年

キーワード
- 王族・貴族
- なまけもの
- ぜいたく
- 病気
- おてんば

3～5年

ある国にナニモセン５世という王さまがいました。ナニモセン王は自分ではなにもしないで、何でも家来にやってもらいます。その上、ぜいたくな食事ばかりしているので、とても太っていました。この国では、この王さまばかりでなく代々王さまは皆こんなふうでした。ところが将来ナニモセン６世になる身分の王さまの娘、ピンピ王女は、この王家の中では珍しく、自分でお城の中を走り回って、なんでも自分でやってしまうので太っていませんでした。ある日、王さまが病気になったので、国中の医者が来ますが誰も治すことができません。そこで、ピンピ王女は王さまの病気を治してくれる人を探しに出かけていき、羊飼いのおじいさんから、王さまの病気の治し方を聞きますが、それは王さまにとっては難しいことでした。

昔話の形式をとっていますが、内容はとても現代的です。版が小さいので文字が多く感じますが、中身は読みやすいです。

子ども文学・青い海シリーズ８

火のくつと風のサンダル

ウルズラ＝ウェルフェル 作
関楠生 訳
童話館出版
22×15cm
ハードカバー
164ページ
本体価格：1,400円
1997年

キーワード
- 夏
- 冒険
- 誕生日
- お父さん
- 家族
- 劣等感
- 靴屋

３～５年
出版社変遷：学研→童話館出版

お互いを“火のくつ”“風のサンダル”と呼び合い、旅をする父と息子の物語です。息子のチムはクラスで一番のでぶで学校一番のちびで、いつも皆にからかわれるので、自分が嫌になっていました。靴直し職人のお父さんは、チムの７歳の誕生日に赤いくつをプレゼントし、息子と２人で夏休みに４週間の旅に出ます。それは、お父さんの職人としての仕事も兼ねていました。チムは、旅先でもちびとでぶをからかわれます。しかし優しいお父さんは、楽しいお話をチムに話して励まします。お父さんの話すお話は、チムの旅の楽しみであるとともに、読者にとってもこの物語を読む楽しみになります。旅から戻っても、チムは相変わらずちびででぶのままですが、自分が嫌になることはなくなっていました。

チムは小学校２年生ですが、自分で読むなら３年生くらいから。担任が教室で少しずつ読み聞かせるのもいいでしょう。

ゆかいなヘンリーくん１巻

がんばれヘンリーくん［改訂新版］

ベバリイ・クリアリー 作
松岡享子 訳　ルイス・ダーリング 絵
学研
20×14cm
ハードカバー
232ページ
本体価格：1,200円
2007年

キーワード
- ペット・家畜
- イヌ
- 学校
- アメリカ
- 友達
- クリスマス
- 家族
- 図書館
- 悪戦苦闘
- 暮らし

3～5年
シリーズ

　ヘンリーくんは、小学校３年生の普通の男の子です。ある日、街角で痩せこけたイヌを拾い、こっそりバスに乗せて帰ろうとしたら、途中でイヌが大暴れして騒動を起こしたり、グッピーを飼ったら、どんどん増え過ぎてしまったり、ヘンリーくんの周りには、次々に愉快な事件が起こります。それに、悪戦苦闘する主人公の気持ちや、優しく時には厳しく支えていく周りの大人たちがしっかりと描かれています。

　日常生活の中で起こりそうな話があふれている本です。短い章立てになっているので、長い物語に慣れていない子でも読みやすいでしょう。このシリーズの登場人物、ラモーナという女の子が主人公になっている巻もあり、女の子はこちらの方が好きかもしれません。シリーズの途中から読み始めても楽しめます。読んであげるなら２年生くらいから楽しめるでしょうが、読書に慣れていない高学年にもおすすめです。

ゆかいなヘンリーくん９巻

ゆうかんな女の子ラモーナ［改訂新版］

ベバリイ・クリアリー 作
松岡享子 訳　アラン・ティーグリーン 絵
学研
20×14cm
ハードカバー
232ページ
本体価格：1,300円
2013年

キーワード
- 学校
- 改築
- 理不尽
- 先生
- 家族
- 悪口
- 折り紙・工作
- 発表
- きょうだい

３～５年
シリーズ

ラモーナは、勇敢で恐れを知らない６歳の女の子です。姉と同じ部屋で暮らしていましたが、狭くなったので、壁を壊して新しい部屋を増築することになりました。家の壁に穴が開いたことがおもしろくて、ラモーナは学校で「見せましょう、話しましょう」の時間にこの話をすると、クラス中に笑われてしまいます。ラモーナはどうしたらいいのでしょうか。

この本の主人公、ラモーナは「ゆかいなヘンリーくん」シリーズの１巻目から、ヘンリーくんの友人のビーザスの妹“わからんちんのみそっかす”として登場します。本書ではラモーナは小学校に上がり、自分の思い通りにならないこともたくさん経験しながら、両親に支えられて成長していきます。読者も経験するような、本当は怖いのにそれを言えない気持ち、共感してもらえない理不尽さなど、ラモーナの気持ちにぴったりそって読めるでしょう。先生にもぜひ読んでほしい本です。

子ブタ シープピッグ

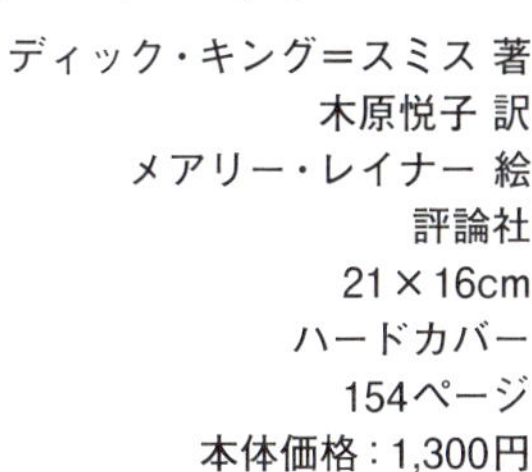

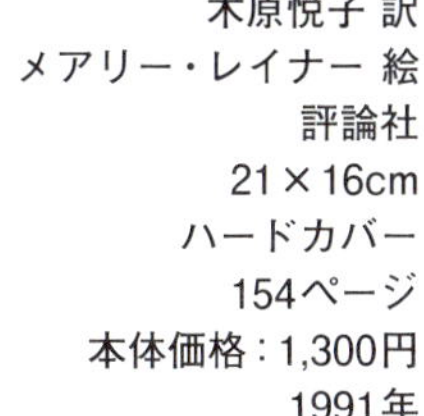

ディック・キング＝スミス 著
木原悦子 訳
メアリー・レイナー 絵
評論社
21×16cm
ハードカバー
154ページ
本体価格：1,300円
1991年

- 仕事
- ブタ
- ヒツジ
- 努力
- しつけ
- 原作本
- イギリス
- コンテスト
- 農場・牧場
- イヌ

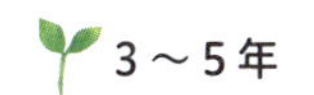

農場主のホビットさんと赤ちゃんブタは、初めて目が合った時から互いに好感を持ちました。ホビットさんが教会の体重あての賭けで勝ち取ったこの子ブタは、牧羊犬のフライを養い親に育ちます。フライは自分の子どもたちが買われていき、最後に残った子ブタを“ベイブ”と呼んでシープドックの仕事を教えます。ベイブもシープピックを夢見て、ヒツジたちに礼儀正しく丁寧に接していきます。ベイブはヒツジどろぼうからホビット家のヒツジを守ったことで、ホビットさんの奥さんに認められ、ハムにならなくても済むことになりました。

読んでいると、ヒツジが整然と並んで歩く様子が目に浮かぶようです。起承転結がわかりやすく、3年生後半くらいからすすめられます。特に動物が出てくるお話を求めている子や、農場体験などの前後にすすめるのもいいでしょう。

大どろぼうホッツェンプロッツ

プロイスラー 作
中村浩三 訳
偕成社
22×16cm
ハードカバー
184ページ
本体価格：1,000円
1966年

キーワード
- どろぼう
- 協力
- 知恵
- わな
- 道具
- 警察官
- 魔法使い
- 変装

3～5年
シリーズ
偕成社文庫版あり

ある日、おばあさんから大事な物が盗まれてしまいます。それは、主人公で孫のガスパールと友達のゼッペルが誕生日に贈った、ハンドルを回すとおばあさんの好きな曲が流れるように作った大切なコーヒーひきでした。奪ったのは大どろぼうのホッツェンプロッツ、毎日悪事で新聞をにぎわし、町中の誰もが恐れる悪党です。コーヒーひきを取り戻すべくわなを仕かけた2人ですが、わなは見抜かれてしまい、別々に捕らえられ、魔法使いの下働きにさせられてしまいます。魔法使いや、ホッツェンプロッツから逃げ出すことができるのでしょうか。

少年2人の頭の良さや行動力が魅力にあふれています。ホッツェンプロッツもひげ面の大男で怖い印象があり、本格的な探偵小説を読んでいる気になれるので、ちょっと怖い探偵物を求めている中学年をはじめ、幅広くすすめられます。3巻シリーズですが、1巻から順に読んでください。

岩波少年文庫 198

くろて団は名探偵

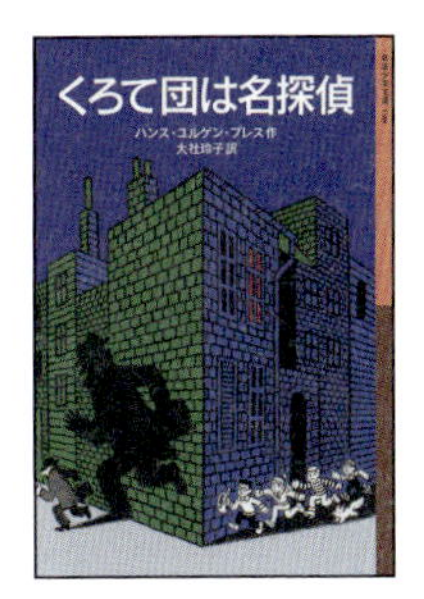

ハンス・ユルゲン・プレス 作
大社玲子 訳
岩波書店
18×12cm
ソフトカバー
254ページ
本体価格：680円
2010年

キーワード
- 仲間
- なぞ解き・推理
- 探偵

3～6年
出版社変遷：佑学社→岩波書店

男の子３人に女の子１人それにリス１匹のくろて団メンバーが、推理をしながら犯人を追い詰めていくなぞ解き話です。ある日、本部から見える空き家に人の気配がします。なぜ人がいるとわかったのでしょう？　絵をよく見れば、ヒントが描き込まれています。

推理の場面はクイズ形式になっており、イラストを見ながら読者も一緒に解いていくことができるので、読書に慣れていない子どもにも読みやすいです。２年生後半から、幅広い学年で人気があります。

類書に作者の息子が書いた『くろグミ団は名探偵』（岩波書店）というシリーズがあります。くろグミ団シリーズを読んだ後に『くろて団は名探偵』をすすめるとよいでしょう。

岩波少年文庫 004

グレイ・ラビットのおはなし

アリソン・アトリー 作
石井桃子／中川李枝子 訳
岩波書店
18×12cm
ソフトカバー
186ページ
本体価格：640円
2000年

キーワード
- ウサギ
- 暮らし
- 仲間
- 働き者
- 家事
- 共生
- 迷子
- リス
- 種

3～6年

小さい灰色ウサギのグレイ・ラビットが、一緒に住んでいるリスや野ウサギ、森の仲間のハリネズミやモグラたちと活躍する短編集です。白樺（しらかば）の皮で作った小さな靴、銀貨とサンザシの実で作ったベル、かぜを治すプリムローズ酒など、生活の細かな物がかわいらしく、自然の植物や景色の描写の美しさが際立ちます。対照的に人間関係と同じように、うぬぼれやや、いばりや、怖がりという動物たちの個性に対して、思いやり深く接することのできるグレイ・ラビットは、気が利いて働き者である上に、その小さな体で勇敢に友達を助けます。恐ろしいキツネやイタチ、人間も登場し、単にかわいいお話ではなく、ハラハラするような厳しさもあって、読者も充実感を味わえます。

１話ずつ絵本のような装丁になっている本（偕成社・童話館出版）もあります。中学年以上なら、このお話の奥深さを感じることができるでしょう。

福音館文庫

お父さんのラッパばなし

瀬田貞二 作
堀内誠一 画
福音館書店
17×13cm
ソフトカバー
192ページ
本体価格：700円
2009年

キーワード

- ほら
- 世界の国々
- 冒険
- お父さん
- お話
- 高層ビル
- 動物
- 魔法
- 旅

3～6年
ハードカバー版品切

もとちゃんのお父さんは、晩ご飯の後に決まってラッパ（ほら）ばなしをしてくれます。もう中学生のお姉さんも５年生のお兄さんも、毎晩楽しみにしています。最初のお話「富士山の鳥よせ」はお父さんの子ども時代のお話です。その後の13のお話は、お父さんが18歳になって世界中を旅して回るお話です。ニューヨークでは超高層ビルの窓ふきになって100階の窓から落ちそうになったり、バグダッドでは大どろぼうを捕まえたり、世界の風景を味わいながら１話ずつ楽しめます。アメリカ・南米・ヨーロッパ・アフリカ・中東・アジア・オーストラリア・東シナ海と回って日本に帰ってきます。３人の子どもたちと一緒にラッパばなしを楽しみましょう。

さわやかな読後感の良い本です。３年生から読めますが、読書に慣れていない高学年にもすすめることができます。

岩波少年文庫 077
ピノッキオの冒険

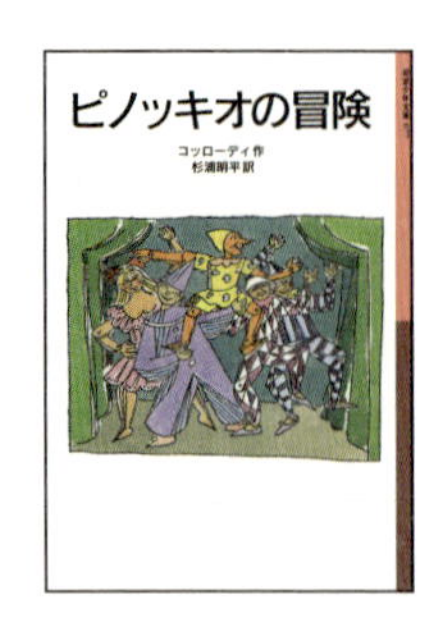

コッローディ 作
杉浦明平 訳
岩波書店
18×12cm
ソフトカバー
330ページ
本体価格：760円
2000年

キーワード
- 人形
- わがまま
- うそ
- 原作本
- 妖精
- サーカス
- 罰
- クジラ
- コオロギ
- 冒険

3～5年

ものを言う不思議な木ぎれを手に入れたジェペットじいさんは、操り人形を作ってピノッキオと名づけ、本当の子どものようにかわいがっていました。ところがピノッキオときたらわがままできかんぼう、とうとうジェペットじいさんの家も飛び出してしまいます。しかしピノッキオは、手に入れた金貨もだまし取られ、何度も命の危険が迫るような目にあいます。けれども、ジェペットじいさんが自分を必死で探していることを聞き、悪い心を改めてじいさんの元に戻ろうと決心するのです。

うそをつくと鼻がのびる有名な場面のほか、子どもが陥りがちな数多くの悪い行いを戒め、優しい心を持った子どもは正しい道に戻れることも教えてくれます。ジェペットじいさんたちの愛情に読者はほっとするでしょう。

もとは子ども新聞に連載され、人気が出て書き足したので、多少の矛盾があることを踏まえておくといいかもしれません。

岩波少年文庫 008

クマのプーさん

A・A・ミルン 作
石井桃子 訳
岩波書店
18×12cm
ソフトカバー
254ページ
本体価格：680円
2000年

- クマ
- ぬいぐるみ
- 仲間
- 歌
- 原作本
- 森林
- はちみつ
- 橋
- 誕生日

3～6年
続編あり
ハードカバー版あり

森を散歩していたクマのプーは、木の周りを飛び交うハチを見つけます。大好物のハチミツを求めて木に登りますが、地面に落ちてしまいます。そこで風船を借りて、再びハチミツを取ろうとするお話が第１話です。ほかに、遊びに行ったウサギの家でごちそうを食べ過ぎて出入り口の穴を通れなくなったお話など、森の動物たちとプーが繰り広げる楽しいお話集です。作者の息子クリストファー・ロビンも物語に登場します。

ディズニーアニメなどでよく知られていますが、実在したぬいぐるみのクマのウィニーを主人公に作られた、温かく、読みやすいお話が10話楽しめます。同じ岩波少年文庫版で『プー横丁にたった家』という続編もあり、ハードカバー版では一冊にまとまっています。

一話ずつ分冊にした絵本シリーズも岩波書店から出版されており、紹介するとたくさんの子が一度に読めるので、こちらもおすすめです。

岩波少年文庫 226

大きなたまご

オリバー・バターワース 作
松岡享子 訳
岩波書店
18×12cm
ソフトカバー
304ページ
本体価格：720円
2015年

キーワード
- 卵
- 恐竜
- 博物館
- 飼育
- アメリカ
- 日記
- マスコミ
- 学者
- 動物園
- 大きい

3～6年
出版社変遷：学研→岩波書店

ネイトの家のメンドリがとんでもなく大きな卵を産みました。メンドリが卵を温めるのに、大き過ぎて自分では卵を引っ繰り返せないので、動物に優しいネイトが手伝うことにしました。夏休み中、この大きな卵の世話をすることになりましたが、たまたま出会って相談をしたチーマー先生が専門家で、後々まで大きな協力を得ることになります。そして、卵がかえってからも、町を超えて人々の関心を集める大騒ぎとなっていく、アメリカらしさがあふれる夢のある物語です。

夏休みのお話で、何が生まれるのかと自由研究を楽しむ気分で読めるでしょう。大人の中には金もうけを企む者や、愚かな者もいて、皮肉る場面もありますが、両親や、チーマー先生がネイトの気持ちを理解してくれるのがうれしいところです。卵がかえるまでが長く感じられますが、その後の展開には一つひとつ乗り越えていくネイトとともに読み進み、満足感を得られるでしょう。

世界傑作童話

オンネリとアンネリのおうち

マリヤッタ・クレンニエミ 作
マイヤ・カルマ 絵　渡部翠 訳
福音館書店
21×16cm
ハードカバー
184ページ
本体価格：1,600円
2015年

キーワード

- 家・家具
- 友達
- 拾いもの
- 夏
- 誕生日
- 隣近所
- プレゼント
- 友情
- 花

3～6年
続編あり
出版社変遷：大日本図書
→プチグラパブリッシング→福音館書店

オンネリとアンネリは、同じ学校の同じクラスで、大の仲良しです。オンネリの家は、家族が多いので家に１人くらいいなくても気づきません。一方アンネリは、両親が別居中で、父も母も自分の家に娘がいなくても相手の家にいると思っています。２人はある日、思いがけずバラ横町のバラの木夫人からすてきな家を譲り受け、２人だけで住むことになりました。その家は小さな女の子が２人で住むのにぴったりの家で、見たこともないようなすてきな遊び部屋、サイズもぴったりの洋服がたくさんある洋服部屋もありました。

とてもかわいらしい家具に囲まれ、仲良しの友達との２人暮らしという、うれしい夢のようなお話です。家族よりも友達との結びつきを大事に感じる中学年が一番いい読者でしょう。

出版社が２回変わっていますが､内容は同じです。続編に『オンネリとアンネリのふゆ』があります。

講談社青い鳥文庫

たのしいムーミン一家 [新装版]

トーベ・ヤンソン 作・絵
山室静 訳
講談社
23×16cm
ソフトカバー
288ページ
本体価格：680円
2014年

3～6年
シリーズ

キーワード
- 仲間
- 帽子
- 家族
- 谷
- 魔物
- 変身
- 原作本
- お父さん
- フィンランド

冬眠から覚めたムーミントロールは、黒いシルクハットを見つけます。ところが、この帽子、中に長く入ったものは姿が変わってしまう、魔物の帽子だったのです。楽しい事件、大変な事件が次々に起こります。

『たのしいムーミン一家』はムーミンシリーズの３作目ですが、巻頭に主な登場人物の紹介がイラスト入りであるので、前作を読んでいなくても楽しめます。フィンランドの温かい人間関係を垣間見ることもできる作品です。

登場人物が多いので、読み物に慣れた子の方が読みやすいかもしれません。読書に慣れていれば、内容的には２年生後半からでも楽しめますが、文章のボリュームはかなり多いので、無理をせず中～高学年ですすめてもいいでしょう。幅広い年齢に人気があるシリーズです。

ロアルド・ダールコレクション2

チョコレート工場の秘密〈新訳〉

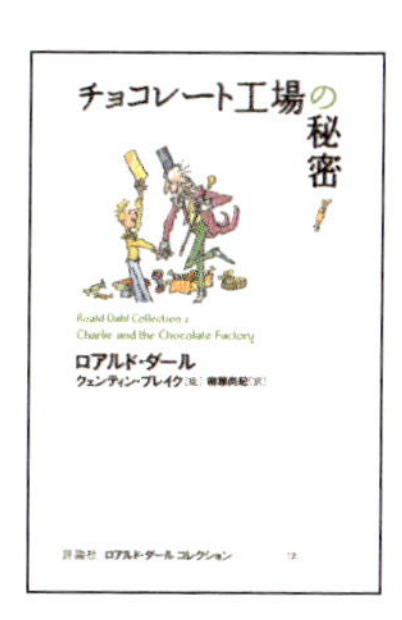

ロアルド・ダール 作
クェンティン・ブレイク 絵
柳瀬尚紀 訳
評論社
18×12cm
ハードカバー
270ページ
本体価格：1,200円
2005年

キーワード

- 工場
- 欲
- 原作本
- チョコレート
- わがまま
- くじ引き
- やっつける
- お金持ち
- 貧困・貧乏
- なぞ・秘密

3～6年
続編あり

チョコレートが大好きだけれど、貧しくて誕生日にしかチョコレートを食べられないチャーリー。近所にある世界一広大で世界一有名なワンカのチョコレート工場は、誰がどうやってチョコレートを作っているのか、誰も知りません。ある日、ワンカ社長は、たくさんのチョコレートの中にたった５枚、黄金切符を入れ、それが当たった人だけを工場に招待し、秘密を特別に公開することしました。どんな人が当たるのか、工場の中はどうなっているのか、わくわくしながら読み進められます。

子どもが大好きなチョコレートを題材に、早い展開で話が進んでいくので、読書に慣れていない子でも読みやすい一冊です。『ガラスの大エレベーター』〈新訳〉（旧訳『ガラスのエレベーター宇宙にとびだす』）は本書の続編です。

コラム❷

本との出合いのタイミング①

親はついわが子に、レベルの高い本を与えたがる傾向にあります。けれども読書の積み重ねが少ない子に、いきなり長い物語を与えても消化不良になるだけです。良い絵本をしっかりと楽しみ、そして幼年童話をたっぷり読んでから、次のステップに進むといいでしょう。きょうだいでも個性が違うように、その子を取り巻く環境や体験によって同じ本でも感じ方は人それぞれです。何年生だからということではなく、その子の経験や読解力に合った本を選んであげたいものです。

読書の達成感を経験しましょう

　中学年になると、子どもなりに人生経験も積んでくるので、少しずつ複雑なお話も楽しめるようになります。お話にいくつかの起伏がある少し長めのストーリーを完読できるようになると、達成感を得て自信につながっていきます。

岩波少年文庫 114

フランダースの犬

ウィーダ 作
野坂悦子 訳
岩波書店
18×12cm
ソフトカバー
238ページ
本体価格：640円
2003年

キーワード
- 原作本
- イヌ
- 絵
- ベルギー
- 仲間
- 画家
- 貧困・貧乏
- 死

3～6年

おじいさんと犬のパトラッシュと貧しく暮らしていたネロは、絵を描くことが好きで、貧しさから抜け出すことを夢見て、賞金の出るコンクールに絵を出します。村一番の金持ち農夫の娘アロワは、唯一心を許す友達ですが、アロワの父であるコゼツさんは、ネロが貧乏であるがゆえに2人が仲良くすることを許しません。アロワとの仲をよく思わないコゼツさんに、ネロは火事の犯人の汚名を着せられ、仕事も断られるようになった上、おじいさんも亡くなって、ネロの生活はどん底に落ちていくのでした。

日本ではアニメによって有名になったお話です。ベルギーのフランダース地方が舞台になっています。

悲しい結末ですが、それを受け止めることのできる中学年くらいから読めるでしょう。

岩波少年文庫 209

小公子

フランシス・ホジソン・バーネット 作
脇明子 訳
岩波書店
18×12cm
ソフトカバー
360ページ
本体価格：800円
2011年

キーワード
- アメリカ
- イギリス
- 王族・貴族
- 原作本
- 慈悲
- 運命
- 跡継ぎ
- お父さん
- おじいさん
- 屋敷・館

3～6年

幼い頃に父親を亡くし、優しく品のいい母親と、アメリカでつつましく暮らしている7歳の少年セドリックは、顔立ちも心も美しく、関わりのある人たちに愛されて育っています。ところがある日、イギリスにいる父方の祖父の弁護士が訪れます。父の兄弟が急死したことで、セドリックはドリンコート伯爵の正式な世継ぎである小公子フォントルロイとなったのだと告げられ、イギリスへ行くことになります。祖父のドリンコート伯爵は高慢で偏見も強く他人を寄せつけない人でしたが、セドリックの子どもらしい元気さ、素直で明るい性格や、伯爵に寄せる愛情や信頼によって、頑なな心は溶かされていきます。そんな時、セドリックの立場を脅かす大変な事件が起こりました。

魅力的な主人公と、お城の豪奢（ごうしゃ）な生活ぶりは、読者の興味をひきます。古典の名作なので多くの翻訳本が出版されていますが、完訳でことばもきれいな岩波少年文庫版がおすすめです。

偕成社の創作 25

二分間の冒険

岡田淳 作
太田大八 絵
偕成社
22×16cm
ハードカバー
237ページ
本体価格：1,400円
1985年

キーワード
- 時間
- 竜
- 剣
- 仲間
- 協力
- ネコ
- 冒険
- なぞなぞ
- 学校
- ふしぎな世界

3～6年
偕成社文庫版あり

6年生の悟は“ダレカ”と名乗る黒ネコと出会いました。ダレカは刺さったトゲを抜いてくれたお礼に、悟の願いをなんでもかなえてくれると言います。とっさに「時間がほしい」と言った悟に、ダレカは「２分間だけ時間をやる」と答えました。そして日常の世界から一転して異空間に入り込みます。その世界では周りは顔見知りのはずなのに、誰も悟のことを知らないと言います。そんな奇妙な状況の中冒険が始まります。悟はひょんなことから武器を手にすることができ、自分こそが選ばれし者だと思うのですが、それはわなだったのです。やがて悟は仲間を得て人と協力することの大切さを学び、知恵を絞りながら困難に立ち向かっていきます。

本格的なファンタジーですが、登場人物は普通の日本の小学生というところは身近に感じられます。

現代の創作児童文学 22

お江戸の百太郎

那須正幹 作
長野ヒデ子 画
岩崎書店
22×16cm
ハードカバー
192ページ
本体価格：1,262円
1986年

キーワード

- なぞ解き・推理
- 江戸
- 人情
- 学校
- お父さん

3～6年
シリーズ
フォア文庫版品切

舞台は江戸時代の下町です。本所・亀沢町の長屋に岡っ引きの千次と息子の百太郎が住んでいました。体が大きくてのんびりしていた千次は至極真っ当な岡っ引きだったので評判は悪くありませんでしたが、肝心の捕り物の方はさっぱりでした。一方息子の百太郎は、病気で亡くなった母の代わりに家事を担い、知恵の回るしっかり者です。百太郎は、寺子屋の師匠や友達も引き入れて事件を解決していきます。

仕事の方は今一つだけれど人がいい父親と、好奇心いっぱいで元気な息子の２人がいいコンビで、友人や先生などとも仲が良く温かい間柄です。町人同士の何気ないやりとりや罪に関わった人たちとの処分のあり方など、人情味にあふれています。当時の町の風景がありありと伝わり、江戸に対する理解も深まるので、推理物というだけではなく、父子のコンビ、歴史や江戸に絡めたブックトークにも使えます。

岩波少年文庫 017
ゆかいなホーマーくん

ロバート・マックロスキー 作
石井桃子 訳
岩波書店
18×12cm
ソフトカバー
220ページ
本体価格：640円
2000年

キーワード
- アメリカ
- 機械
- ドーナツ
- どろぼう
- ネズミ
- 腕輪
- 故障
- 広告
- 騒動
- スカンク

3～6年

アメリカに住む機械いじりが大好きなホーマーくんの身の回りで起こる出来事をユーモラスに描く短編集です。ホーマーくんは、キャンプ場を経営する家の仕事を手伝うほかは、友達と遊んだりラジオを組み立てたりして過ごしています。「ドーナツ」というお話では、ホーマーくんは食堂を営むおじさんに留守番を頼まれ、ドーナツ製造機の調子を見ながらドーナツを作ることになりました。ところがストップボタンを押しても機械は止まらず、店は山のようなドーナツであふれ返ってしまいます。

ほかに、スカンクを使って強盗を退治したり、子どもたちのヒーローの映画スターがヘマをしてしまう現場を目撃したり、愉快なお話ばかりです。1943年に書かれたこの物語は、大人たちや街の様子ものんびりしていて、古き良きアメリカの雰囲気がよく伝わってきます。絵本作家でもある作者が挿絵も描いており、細かいところに至るまでの描写がとても素晴らしいです。

岩波少年文庫 223

大力のワーニャ

オトフリート・プロイスラー 作
大塚勇三 訳
岩波書店
18×12cm
ソフトカバー
294ページ
本体価格：720円
2014年

キーワード

- 冒険
- ロシア
- 英雄
- 力持ち
- なまけもの
- 予言
- 伝説
- かまど
- きょうだい
- 7

4～6年

出版社変遷：学研（『大力ワーニャの冒険』）→瑞雲舎→岩波書店

なまけもののワーニャは、ある日森の中で盲目の老人に出会い、「これから時が来るまでパンやきかまどの上で横になっていれば皇帝になれる」と告げられます。ただし、かまどから下りてもいけないし、誰とも話してはいけないのです。時が来たら７つの地方と７つの王国の向こうの山へ旅立てと言われたワーニャは、かまどの上で７年間過ごしました。そして、とうとう不思議な怪力をため込んだワーニャは、母の形見の銀貨を道案内に冒険の旅へ出発します。

力持ちになったワーニャが、冒険の途中で襲い来る敵を次々となぎ倒す姿は、爽快です。またワーニャは戦いのためだけではなく、困っている人々のためにも力を使います。物語の冒頭でワーニャと一緒に長い時を我慢した読者は、ワーニャがかまどを下りてからの展開に開放感と躍動感を味わうことでしょう。

ロシアの昔話を題材にした魅力あふれる物語です。

世界傑作童話　インガルス一家の物語１

大きな森の小さな家

ローラ・インガルス・ワイルダー 作
ガース・ウィリアムズ 画　恩地三保子 訳
福音館書店
21×17cm
ハードカバー
256ページ
本体価格：1,600円
1972年

キーワード
- 森林
- 家族
- 開拓時代
- 自然
- 協力
- 自給自足
- 馬車
- アメリカ
- 家・家具
- 原作本

4～6年
シリーズ
福音館文庫版あり

19世紀後半の開拓時代、アメリカのウィスコンシン州の大きな森の丸太小屋に、ローラの一家が住んでいました。オオカミも暮らす厳しい大自然の中で、父さんと母さんが、なにもかも自分たちの手で作り、子どもたちも家族と助け合いながら生活していく姿が、生き生きと描かれています。

シリーズは、主人公ローラが５歳から大人になるまで続きます。１巻目はローラが５～６歳、２巻目は６～７歳、３巻目では７歳になったローラは町の学校へ通い始めます。４巻目のローラは13歳、姉は病気で失明します。開拓地に合わせて、家も移りながら、自然の豊かさと厳しさの中で、力強く成長する姿が描かれています。小学生のうちは１～４巻目くらいが共感しやすいです。読者の成長とともに続編を読んでいくといいでしょう。ほかの翻訳もありますが、丁寧な描写の福音館書店のものがおすすめです。

ロアルド・ダールコレクション 13

魔女がいっぱい

ロアルド・ダール 作
クェンティン・ブレイク 絵
清水達也・鶴見敏 訳
評論社
18×12cm
ハードカバー
288ページ
本体価格：1,300円
2006年

- 薬
- ネズミ
- 変身
- 計画・作戦
- イギリス
- ホテル
- おばあさん
- 魔法使い

4～6年

本物の魔女は、子どもを憎んでいてぺちゃんこにつぶすのを楽しみにしているらしいのです。夏休みにおばあちゃんとホテルに泊まったぼくは、舞踏室でひそかに行われていた魔女の集会にうっかり紛れ込んでしまいます。そこでは大勢の魔女が、子どもをネズミに変えてつぶす、という恐ろしい計画を立てていました。秘密を知ったぼくは隠れていたのですが、魔女に見つかってネズミに変えられてしまいます。

魔女は密かに隠れて子どもを狙っている、と冒頭から脅かしておいて、読者をスリルの世界へ引きずり込んでいきます。魔女のことならなんでも知っているおばあちゃんが心強く、ネズミに変えられてからも、しっぽをうまく使うぼくの活躍に胸がすく思いがします。

怖い話やおばけの話が好きな中学年の子におすすめです。

岩波少年文庫 072

森は生きている

サムイル・マルシャーク 作
湯浅芳子 訳
岩波書店
18×12cm
ソフトカバー
234ページ
本体価格：660円
2000年

4～6年
ハードカバー版あり

キーワード
- 王族・貴族
- わがまま
- 雪
- 火
- 原作本
- 養子・養い親
- 昔話
- 12か月
- 森林
- ふしぎな世界

わがままな女王が、冬の最中に4月に咲くマツユキソウが欲しいとおふれを出しました。意地悪な母娘が褒美欲しさに、まま娘を雪の中へ放り出します。見つかるあてもなく、寒さに凍えるまま娘の前に、たき火が現れ12人の月の精たちが火を囲んでいました。まま娘を憐(あわ)れに思った月の精たちは、春を呼び寄せマツユキソウを摘ませてやりますが、女王はそれだけでは飽き足らずに、もっと要求するのです。

スロバキアの昔話「12のつきのおくりもの」を基に詩人マルシャークが創作した戯曲です。台本のような構成に演劇を見ているような楽しさが感じられるので、とっつきにくいと思う人も少しがんばって読み進めてほしいです。

有名な古典なので多くの翻訳本が出ていますが、岩波少年文庫版は訳も良く、読みやすいので、この版をすすめたいです。

岩波少年文庫 002

長い長いお医者さんの話

カレル・チャペック 作
中野好夫 訳
岩波書店
18×12cm
ソフトカバー
360ページ
本体価格：720円
2000年

4～6年
ハードカバー版品切

キーワード

- 医者
- 鳥
- 魔法使い
- 王族・貴族
- カッパ
- 短編集
- 妖精
- 手紙
- チェコスロバキア
- 警察官

読書の達成感を経験しましょう

1年かけて大切な手紙を運んだ郵便屋さんや、ニワトリはなぜ飛べないのかなど、表題作を含む9つの童話集です。

表題作の「長い長いお医者さんの話」では、山の上に住む魔法使いのマジャーシュが、梅の種をのどに詰まらせてしまいました。弟子が医者を呼び集めますが、医者たちの手術会議の相談はとても長くなってしまいます。マジャーシュさんの具合は良くなるのでしょうか。

童話によく出てくる動物や魔法使いだけではなく、郵便屋さんやおまわりさんなどの話もあり、現実と空想が織り交ざったような感覚に陥ります。いつの間にか話があらぬ方向に進んでいくのですが、不思議な世界に引き込まれて一つひとつのお話をあっという間に読み終えてしまうでしょう。短編集なので中高学年の朝読書にも使いやすいです。

世界傑作童話

くまのパディントン

くまのパディントン

マイケル・ボンド作 ペギー・フォートナム画 松岡享子訳

マイケル・ボンド 作
ペギー・フォートナム 画　松岡享子 訳
福音館書店
20×14cm
ハードカバー
212ページ
本体価格：1,300円
1967年

キーワード

- クマ
- 家族
- 原作本
- マーマレード
- 帽子
- 失敗
- 騒動
- イギリス
- 隣近所
- 地下鉄・駅

4～6年
シリーズ
福音館文庫版あり

ペルーの森にいたくまの子は、一緒に暮らしていたおばさんが老グマホームへ入ってしまったので、「どうぞこのくまのめんどうをみてやってください。」という札を下げてイギリスへ渡ります。そしてロンドンのパディントン駅で、ブラウン夫妻と出会い、一緒に暮らすことになります。パディントンと名づけられたそのくまは礼儀正しいのですが、好奇心旺盛でした。大好きなマーマレードでベタベタになったり、お風呂のお湯をあふれさせてびしょびしょになったり、なぜかパディントンの周りはドタバタの事件ばかり起きますが、人々は皆、パディントンを好きになってしまいます。

大真面目な主人公・パディントンと、その周りの人たちが生き生きと描かれている楽しくて読みやすいシリーズです。10巻ありますが、『パディントンのクリスマス』は12月の中学年のブックトークにも使いやすいです。

評論社の児童図書館・文学の部屋

小さなバイキングビッケ

ルーネル・ヨンソン 作
エーヴェット・カールソン 絵
石渡利康 訳
評論社
20×13cm
ハードカバー
232ページ
本体価格：1,400円
2011年

キーワード

- 海
- 北欧
- 航海
- 知恵
- 原作本
- 海賊
- 計画・作戦
- 発明

4～6年
シリーズ

　ビッケは争いを好まない親切で利口な男の子です。優しくも勇猛なバイキングの族長である父、その仲間たち一行と船で遠征し獲物を捕らえる旅に出ますが、時には敵に捕まってしまうなど、行く先々で困難が待ち受けています。血気盛んな大人たちの中で、対称的に一人冷静に知恵を巡らせるビッケがさえており、とにかく武勇伝を作りたい愚かなバイキングたちも、ビッケの知恵に頼るようになります。

　相手の気持ちも読み取りながら見事に万事を解決する姿がおもしろいです。北欧の伝説によると、バイキングたちは略奪もしましたが交易も行っていました。その様子がよくわかり、テンポが速くて痛快な物語です。少し長い短編形式で、物語の流れはありますが、章ごとに完結しているので読みやすいシリーズです。

児童文学創作

コロボックル物語①

だれも知らない小さな国

佐藤さとる 著
村上勉 絵
講談社
22×16cm
ハードカバー
223ページ
本体価格：1,500円
1985年

キーワード

- 小人
- アイヌ
- 自然破壊
- 山
- 伝説
- 原作本
- 小屋
- なぞ・秘密

4～6年
シリーズ
講談社青い鳥文庫版あり

ぼくは小学校3年生のある日、とりもちを作るもちの木を探しに行って小山を見つけ、自分だけの隠れ家にしました。その年の夏休みの終わり、その小山で遊ぶぼくの前に小指ほどしかない小さな人（コロボックル）が現れ、ぼくに向かって手を振ったのです。大人になったぼくは子どもの頃の記憶を忘れられず、山に小屋まで建てて、昔いだいていた夢を少しずつかなえていきました。そしてついにぼくとコロボックルとの交流が始まったのです。コロボックルは、普通の人には見えない速さでぼくのそばにいることもあります。

読んでいると、自分のそばにもコロボックルが現れるのでは、という気持ちにさせてくれます。日本の里山の描写が美しく、小人（コロボックル）と協力して自然を大切にする様子が伝わってきます。コロボックル物語シリーズ全6巻の1巻目です。

子どもの文学・青い海シリーズ７

子ねずみラルフのぼうけん

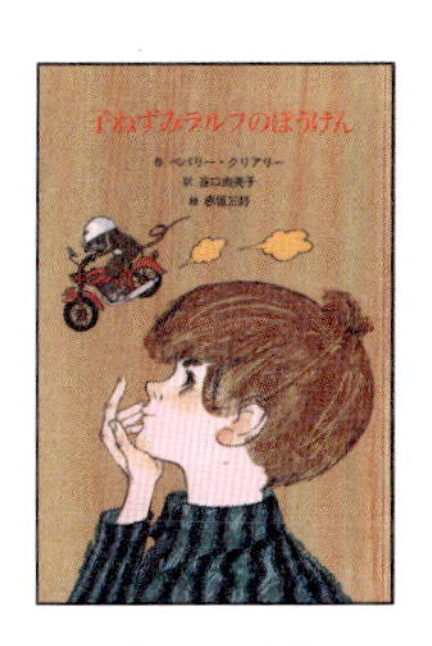

ベバリー・クリアリー 作
谷口由美子 訳
赤坂三好 絵
童話館出版
22×15cm
ハードカバー
192ページ
本体価格：1,400円
1996年

キーワード
- ネズミ
- アメリカ
- オートバイ
- 友達
- 救急車
- ホテル
- 冒険

4～6年
出版社変遷：あかね書房→童話館出版

ホテルに住み着いていた子ねずみのラルフは、泊り客のキース少年と友達になり、キースの持っていたおもちゃのオートバイを乗りこなせるようになりました。オートバイにすっかり魅せられたラルフは、人に見つかりやすい昼間は乗らないという約束を破ったあげく、オートバイをなくしてしまいます。そんな時キースが熱を出し、ラルフは汚名返上とばかり立ち上がりました。

ねずみがおもちゃのオートバイを乗りこなしたり、解熱剤を求めておもちゃの救急車でかけつけたり、ユニークで夢があるお話です。人の目をかいくぐるスリルが、乗り物好きな男の子の好奇心を満足させてくれます。約束を守ることや責任を果たすことの大切さも知り、冒険を通してラルフは成長していきます。

おすのつぼにすんでいたおばあさん

ルーマー・ゴッデン 文
なかがわちひろ 訳・絵
徳間書店
22×16cm
ハードカバー
112ページ
本体価格：1,200円
2001年

キーワード
- 家・家具
- ぜいたく
- 欲
- 願い
- 魚
- おばあさん
- 貧困・貧乏

4～6年

おばあさんはお酢のつぼのような細長い家に住んでいました。暮らしは貧乏でしたが、おばあさんには十分でした。ある日銀貨を拾ったおばあさんは、そのお金で夕飯の魚を買いました。ところがまだ魚が生きていたので、かわいそうに思ったおばあさんは、せっかく買った魚を湖に逃がしてやりました。するとその魚が命を助けてくれたお礼に、願いをかなえてくれるというのです。おばあさんが温かい夕飯をお願いすると、家に着いた途端、ごちそうがずらりと並んでいました。

初めはつつましく暮らしていたおばあさんが、だんだんと欲深になっていきます。控えめで優しかった性格も思いやりをなくしていきます。いったんぜいたくを覚えるととどまるところを知らない人間の欲求や醜さがよく描かれていますが、最後におばあさんが自分の至らなさにきちんと気づくところが物語の救いになっています。昔話をゴッデンがアレンジした創作物語です。

世界傑作童話

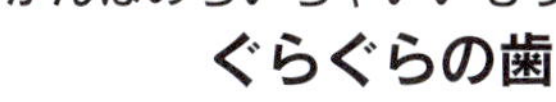

きかんぼのちいちゃいいもうと　その1
ぐらぐらの歯

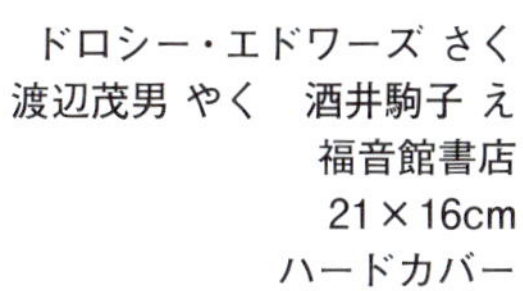

ドロシー・エドワーズ さく
渡辺茂男 やく　酒井駒子 え
福音館書店
21×16cm
ハードカバー
144ページ
本体価格：1,100円
2005年

キーワード

- わがまま
- 歯
- きょうだい
- 医者
- クリスマス
- さかなとり
- 祭り

4～6年
シリーズ

　私が小さかった頃、私にはもっと小さい妹がいました。妹ときたらとてもきかんぼうで、わがままでした。魚とりに連れて行ったらお母さんの言いつけも聞かず水の中に入ってびしょぬれになってしまったり、お祭りに興奮するあまり気難しくなってしまったり。そんなやんちゃな妹の起こす様々な騒動をつづります。

　きかんぼうな妹のすることは困ったことばかりですが、ユーモラスでもあります。いかにも小さい子どもがやりそうなことばかりで、周りは手を焼きながらも愛情を持って接しているのがわかります。小さい子のすることをかわいいと思いながら、自分の成長を感じることができるでしょう。話の最後にはいつも小さなオチがついているのも愉快です。

　語り口調で書かれているので、優しい雰囲気があり、読んであげれば１年生から楽しめます。

世界傑作童話

魔女のこねこ ゴブリーノ

アーシュラ・ウィリアムズ 作
中川千尋 訳
平出衛 絵
福音館書店
21×16cm
ハードカバー
256ページ
本体価格：1,300円
2004年

キーワード

- ネコ
- ペット・家畜
- 捨て子・孤児
- 家探し
- 差別
- 自立
- 魔法使い

4～6年

魔女のねことして生まれたゴブリーノとスーチカ。妹ねこのスーチカは魔女ねこになりたいのですが、兄ねこのゴブリーノは人間に嫌われる魔女ねこよりは、人間と生きる台所ねこになりたいのです。お母さんは2匹を一人前の魔女ねこになれるよう修行に出します。ゴブリーノは自分の居場所を見つけても、魔女ねこということがばれると、どの家からも追い出されてしまい、次々とすみかを変えなければなりません。とうとう魔女の家に戻ってきたゴブリーノに、スーチカが救いの手を差し伸べてくれました。

少し臆病で人をだますのが嫌いな優しいねこのゴブリーノ。何度も理不尽な目に合いながらもめげずにがんばる姿を応援したくなります。人間が懲らしめられますが、人間のずるさゆえなので納得がいきます。救いのあるラストにもほっとします。自分を考えて成長していく中学年以上におすすめです。

コラム③

完訳と幼年物

優れた作品には、数多くのダイジェスト版が発行されています。文字も大きく華やかな挿絵がついているものもあり、子どもの目をひきます。けれども、ダイジェスト版では細かい心情を描き切ることはできず、深い感動には出会えません。ダイジェスト版を幼いうちに読ませるのではなく、その物語と出会うのにふさわしい年齢になってから、きちんとした完訳で読んでもらいたいものです。また、翻訳物は訳者によって雰囲気が変わることもあります。多くの翻訳版が出版されている本は、私たちもいろいろな版で読み比べをして、ベストだと思えるものを掲載しましたので、参考にしてください。

コラム❹

大人が読んでも楽しい本

子どもの頃に読んで楽しかった本の中で、大人になってから読んでも思い出深く、楽しい本があります。当時は主人公の目線で読んでいたものが、大人になるにつれ、乳母や両親などの登場人物の気持ちもわかるようになり､違った味わいを感じることができます。良い本は、人物や情景がしっかり描かれており、年代を超えて楽しめます。子どもの本だからと決めつけずに、大人にもぜひ読んでほしいものです。

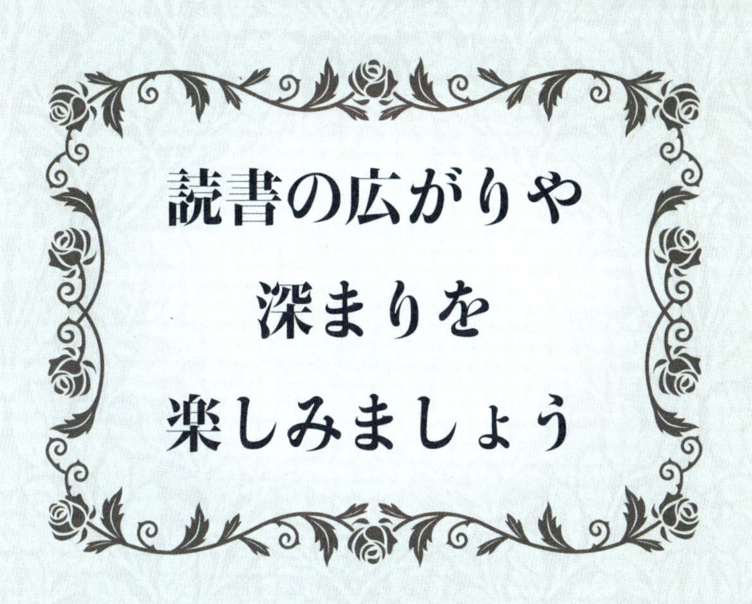

読書の広がりや深まりを楽しみましょう

　高学年になってくると、それぞれの個性や好み、読書経験などの違いから、子どもが求める本も幅が広くなります。本の内容では、登場人物も多くなり、エピソードも少し複雑で深いものを楽しめるようになってきます。

岩波少年文庫 018

エーミールと探偵たち

エーリヒ・ケストナー 作
池田香代子 訳
岩波書店
18×12cm
ソフトカバー
230ページ
本体価格：640円
2000年

キーワード

- 探偵
- 仲間
- 原作本
- どろぼう
- 計画・作戦
- お金・お金もうけ
- 捜索
- ドイツ
- なぞ解き・推理
- 事件・犯罪

4～6年
続編あり

エーミールは、ベルリンに住む祖母の家に行く途中の列車の中で、母親から預かった大切なお金を盗まれてしまいます。エーミールには、誰が盗んだのかわかっていました。同じコンパートメントの山高帽の男を追って、ベルリンで出会った少年、グスタフとその仲間たちで悪者を追い詰めていきます。初対面のグスタフたちもスリルのある本物の事件に一致団結して素晴らしいチームワークを見せます。

ケストナーの名作の一つで、設定や言葉は古いながらも、ことの成り行きに引き込まれ、登場する少年たちに魅了される冒険物語で、読書に慣れてきた高学年向きです。

本の冒頭部分には、丁寧な人物紹介があります。物語が動き出すまでの説明部分もがんばって読んでほしいですが、先に「話がようやく動き出す」の章から読むことも可能です。続編の『エーミールと三人のふたご』は、２年後のエーミールのお話です。

世界傑作童話

きつねものがたり

ヨセフ・ラダ さく／え
うちだりさこ やく
福音館書店
22×16cm
ハードカバー
164ページ
本体価格：1,500円
1966年

- 仕事
- キツネ
- ことば
- 知恵
- 服
- 学習
- 留守番・見張り
- 森林

4～6年

森番に捕まえられて飼われていたきつねは、子どもたちにかわいがられているうちに人間の言葉を覚えてしまいました。きつねは本に出てきた賢いきつねに憧れ、森番の家を逃げ出してしまいます。初めは人間をだましてごちそうを横取りしようとしていたきつねですが、人間に自分の賢さを認めてもらうと、それがうれしくて立派な森番になろうと決心します。

きつねが物語のまねをして失敗したり、逆に人間をうまくだましたり、賢いきつねならではの行動が愉快です。ただのずるいきつねで終わらずに最後には役に立つ立派なきつねになるところに、読者は安心します。表紙や題名の地味な印象を裏切って、中身はチェコの雰囲気が漂う楽しい物語です。４年生国語の「ごんぎつね」からの展開にも使えます。

福音館書店古典童話シリーズの『狐物語』とは別物ですので注意してください。

ドリトル先生物語全集1

ドリトル先生アフリカゆき

ロフティング 作・絵
井伏鱒二 訳
岩波書店
23×16cm
ハードカバー
248ページ
本体価格：1,600円
1961年

キーワード
- 動物
- アフリカ
- サル
- 航海
- 病気
- 動物との会話
- ことば
- 医者
- イギリス
- 原作本

4～6年
シリーズ
岩波少年文庫版あり

ドリトル先生は動物と話ができる優しいお医者さんです。貧乏をものともせず、動物たちと協力して暮らしていたある日、アフリカのサルから助けを求められ航海に出かけます。そこにはいろいろな冒険が待っていました。

動物好きな子だけではなく、幅広く楽しめる本です。井伏鱒二の訳は生き生きとして素晴らしく、どんどん読み進められるので、この版をすすめてみてください。4年生くらいになれば、自分で読めるでしょう。

このシリーズが書かれた時代背景から、アフリカや黒人への不適切な表現もありますが、それについては本書の後書きの中に説明されているので、子どもにすすめる前に読んでおくといいでしょう。

シリーズですが、途中から読んでも大丈夫です。特に『ドリトル先生航海記』が人気です。

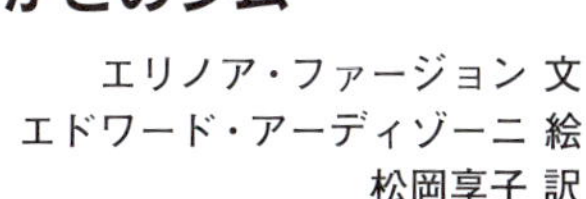

子どもの文学・青い海シリーズ14

町かどのジム

エリノア・ファージョン 文
エドワード・アーディゾーニ 絵
松岡享子 訳
童話館出版
20×15cm
ハードカバー
172ページ
本体価格：1,400円
2001年

キーワード

- 船乗り
- おじいさん
- 航海
- 霧
- 恩返し
- 誕生日
- サプライズ
- お話
- イギリス

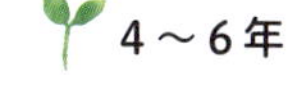

4～6年

ジムは、若い頃船乗りをしていた人で、いつも町かどのポスト近くのみかん箱に腰かけています。８歳のデリーは、ジムが大好きで、よくジムに話しかけます。ジムは、ある時は、マストの上から深い霧の中を泳いで島へ行った話とか、またある時は、海から釣り上げたタラの世話をした話など、うそか本当かわからない奇想天外なお話をしてくれるのです。デリーは、ジムの誕生日が８月10日と知って、ジムの誕生日にサプライズのプレゼントをします。こんな80歳の誕生日を迎えたいと思えるすてきなラストです。

10章の物語で章ごとに海を舞台にした小さい冒険が語られます。ファージョンの作品の中でも読みやすく、小学生にもすすめやすい一冊です。ほかにもファージョンの短編集を望むなら『年とったばあやのお話かご』（絶版）や『ムギと王さま』（ともに岩波書店）などを紹介するといいでしょう。

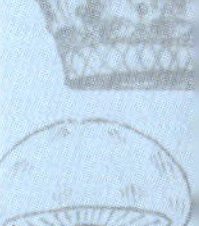

世界傑作童話

魔法使いのチョコレート・ケーキ
マーガレット・マーヒーお話集

マーガレット・マーヒー 作
シャーリー・ヒューズ 画　石井桃子 訳
福音館書店
22×16cm
ハードカバー
184ページ
本体価格：1,600円
1984年

キーワード
- 短編集
- ニュージーランド
- 魔法使い
- ふしぎな世界

4～6年
福音館文庫版あり

現実の世界に、いつの間にか魔法や不思議なことが溶け込み、優しい空想の世界へと誘われていきます。表題作の「魔法使いのチョコレート・ケーキ」では、魔法は下手ですが、料理は得意という魔法使いが主人公です。チョコレート・ケーキを焼いて、町中の子どもたちに招待状を出しましたが、誰も来てくれません。悪い魔法使いだと思われていたからです。ひとりぼっちの魔法使いは、小さなリンゴの苗木を持ち帰り、家の裏口に植えて、毎日リンゴの木にケーキを作り、一緒にお茶を飲みました。自分自身も悪い魔法使いだと思っていたのですが、長い年月が過ぎて、魔法使いの周辺はいつしか変わっていきました。

ほかに、男の子が幽霊が出るといううわさの古屋敷を見に行く「幽霊をさがす」、公園のブランコや回転台を怖がっていた女の子が夜の不思議な出来事をきっかけに公園で遊べるようになる「遊園地」など、8つの短編と2つの詩が収められています。

チア・ブックス３

ペニーの日記読んじゃだめ

ロビン・クライン 作
アン・ジェイムズ 絵　安藤紀子 訳
偕成社
22×16cm
ハードカバー
126ページ
本体価格：1,200円
1997年

キーワード
- 反抗期
- おばあさん
- 友情
- 変わり者
- 老人ホーム
- 収集
- 日記
- ウマ
- オーストラリア

4～6年
出版社変遷：佑学社→偕成社

馬好きで男の子みたいな10歳の女の子ペニーは、女の子の集団にはなじみません。学校でボランティア活動として老人ホームに行かなくてはならないのですが、ペニーは行きたくありません。年寄りなんて退屈なだけで、気持ち悪いと思っているのです。ところが訪問先の老人ホームで、ベタニーさんという気の合うおばあさんに出会ってから、興味を持って接するようになります。

ペニーの口の悪さや、ところどころ気持ちの悪い表現、残虐とも思える挿絵もありますが、ちょうどこの時期の反抗的な女の子を率直に表現しています。主人公が、ぶっきらぼうな中にも実はとても優しい気持ちを持っている、ということも読み取れます。

絶版ながら、続編に『ペニーの手紙「みんな、元気？」』もあります。

福音館文庫

木馬のぼうけん旅行

アーシュラ・ウィリアムズ 作
石井桃子 訳
ペギー・フォートナム 画
福音館書店
17×13cm
ソフトカバー
272ページ
本体価格：700円
2003年

キーワード
- 木馬
- おもちゃ
- 災難
- 逆境
- 冒険
- 旅
- 海賊
- 仕事
- お金・お金もうけ
- おじさん・おばさん

4～6年

ピーダーおじさんが作る木のおもちゃはとても評判がよく、ことに木馬はとてもきれいで立派でしたが、安いブリキのおもちゃがはやり始めると、おじさんが作る値段が高いおもちゃは売れなくなってしまいます。さらに病気になったおじさんのために、木馬はお金を稼ぐ旅に出て、あちこちで一生懸命働きます。しかし木馬は、農場の地主が自分をだましてただ働きさせようとしたことを知り、地主の元から逃げ出します。そして炭坑での仕事を見つけるのですが、爆発事故で木馬はためたお金をなくしてしまった上に目も見えなくなってしまいます。

これでもかと襲ってくる災難に木馬がかわいそうにもなってきますが、それにもめげず、ひたすら真面目に進んでいく姿には感動します。いいものを作る実直なおじさんと、木馬とのきずなも美しく、心温まる最後の場面へと導いてくれます。やや長いので、大人が少しずつ読んであげるのもいいでしょう。

アンデルセンどうわ

アンデルセン 作
大畑末吉 訳
堀内誠一 絵
のら書店
21×16cm
ハードカバー
159ページ
本体価格：2,000円
2005年

4～6年

キーワード

- 短編集
- 王族・貴族
- 貧困・貧乏
- 豆
- ふとん
- 服
- 原作本
- 鳥
- 冬

小学生のうちにぜひ読んでおきたいアンデルセン童話ですが、まずは中学年でも手に取りやすい本書がいいでしょう。

幼い少女がいろいろな冒険をしながら成長し、その優しさから幸せな結婚をする「おやゆびひめ」。相手を思いやる深い愛情に誰もが心を動かされる「スズのへいたい」。貧しい少女が寒さに凍えながら最後に見たのは、優しかったおばあさんとの幸せな思い出だった「マッチうりの少女」。とても短いお話ですが、緑のエンドウ豆と積み重ねられた寝具が鮮やかな「マメの上にねたおひめさま」。大人は虚栄心のために真実が見抜けずにだまされますが、素直な心を持った子どもは真実を見抜くことができるということが描かれた「はだかの王さま」。アヒルに育てられることで、仲間はずれにされて苦労し続けた白鳥の子がやがて見事な白鳥に成長する「みにくいあひるの子」。代表的な6作品の短編集です。

天才コオロギ ニューヨークへ

ジョージ・セルデン 作
ガース・ウイリアムズ 絵
吉田新一 訳
あすなろ書房
22×16cm
ハードカバー
216ページ
本体価格：1,500円
2004年

キーワード
- コオロギ
- ネコ
- ネズミ
- 音楽
- 特技
- 仲間
- 地下鉄・駅
- 成功・達成
- アメリカ
- 都会

4～6年

田舎で暮らしていたコオロギのチェスターは、うっかり都会のニューヨークに連れてこられてしまいます。幸い、地下鉄駅の新聞売り場で出会った優しいマリオ少年に飼われることになりました。ネズミやネコの友達もでき、都会の生活を味わっていきますが、ボヤ騒ぎを起こし、迷惑をかけてしまいます。危うく追い出されるところでしたが、チェスターには素晴らしい音楽を奏でるという才能があり、ニューヨークの人たちを驚かせるのです。

コオロギ、ネコ、ネズミという変わった取り合わせの３匹がニューヨークの地下鉄の雑多な雰囲気の中、工夫を凝らしながら仲良く過ごす様子が楽しいお話です。マリオ少年ほか周りの人間たちも温かいだけに、別れの場面は寂しく思うかもしれませんが、きちんとけじめをつけるところに夢物語ではないリアリティーを感じます。

岩波少年文庫 060

点子ちゃんとアントン

エーリヒ・ケストナー 作
池田香代子 訳
岩波書店
18×12cm
ソフトカバー
204ページ
本体価格：640円
2000年

- お金持ち
- 事件・犯罪
- ドイツ
- 稼ぐ
- 友情
- 計画・作戦
- 貧困・貧乏

4～6年

点子ちゃんの家はお金持ちですが、友達のアントンは貧乏で、病気の母親と２人暮らしです。境遇も性格も全く違う２人ですが、とても気が合う仲良しで、お互いがピンチになった時には相手に気を使わせないように、自分がやったことを秘密にしてそっと助け、人を幸せにするのがどんなに幸せなことかを見せてくれます。風変わりで空想好きな点子ちゃんの周りにはたくさんの人がいるのに、一人遊びが上手な原因が垣間見えます。それが事件へとつながっていくのですが、徐々に明らかになる点子ちゃんのお父さんの人物像も魅力的で、最後には思いがけない展開が待っています。

物語は軽快なタッチで描かれていますが、章末に挟まれる「立ち止まって考えたこと」では大人の目線でちょっとした忠告を与えてくれます。

偕成社の創作 31

ぼくのお姉さん

丘修三 作
かみやしん 絵
偕成社
22×16cm
ハードカバー
182ページ
本体価格：1,200円
1986年

キーワード
- きょうだい
- 家族
- 障がい
- いじめ
- 短編集
- 差別

4～6年
偕成社文庫版あり

表題作の他５つの作品を含む短編集で、いずれも障がい者との関わりを描いた物語です。表題作「ぼくのお姉さん」では、５年生の正一は、きょうだいのことを書く作文の宿題がなかなか進みません。17歳の姉のひろはダウン症で、今年から福祉作業所に通っています。家に連れてきた友達から、次の日ひろのことでからかわれたこともありました。しばらくしてひろが帰ってきて、どうしてもレストランに行くといってききません。家族で行ってみると心温まる出来事が待っていました。

筆者は20数年養護学校の教師をつとめた人で、障がい者を取り巻く現実を美談や感動で終わらせずに、客観的に厳しくあぶり出しています。テーマは重いですが、人間の弱さ、それによる心の痛みなど、様々なことを考えさせられ、大人にも一度は読んでおいてほしい物語です。

岩波少年文庫 050

クローディアの秘密

E・L・カニグズバーグ 作
松永ふみ子 訳
岩波書店
18×12cm
ソフトカバー
242ページ
本体価格：680円
2000年

キーワード

- 家出
- 彫刻
- 美術館
- 交換・取引
- なぞ解き・推理
- アメリカ
- なぞ・秘密
- きょうだい
- 計画・作戦
- 本物

4～6年
短編集を併録したハードカバー版あり

長女としての毎日にうんざりしたクローディアは、家出を思い立ちます。一番お金をためている弟を連れ、隠れ家に選んだのはニューヨークのメトロポリタン美術館です。昼間は見学の子どもたちに交じり、夜は美術品の中で眠り、噴水で行水をします。ある日、クローディアは注目の新しい美術品に気になる点を見つけ、調べ始めます。

知的な女の子の家出は決して無鉄砲で危険なものではなく、現実的かつ用意周到で抜け目がありません。12歳という自立へと揺れる思いが底に感じられ、自分でもできそうな冒険とあいまって同世代の共感を得やすいでしょう。女英雄になって帰りたいと、子どもらしく賞賛を求めていたクローディアが、秘密を胸にして内面から成長していくので高学年にぴったりです。読み手を飽きさせることもありません。

〈新訂〉シリーズ怪盗ルパン（1）

怪盗紳士

ルブラン 原作
南洋一郎 文
ポプラ社
20×16cm
ハードカバー
220ページ
本体価格：980円
1999年

キーワード
- どろぼう
- 冒険
- なぞ解き・推理
- 警察官
- 宝物
- 脱出・逃亡
- フランス
- 原作本

4～6年
シリーズ
ポプラ社文庫版品切

この本はルパン物の初期の短編集です。中の1つ「大ニュース・ルパンとらわる」という話は、フランスからニューヨークへ向かう豪華船のプロバンス号で、偽名・変装した怪盗ルパンがこの船に乗り込んでいるのだといううわさで持ち切りでした。アルセーヌ・ルパンは変装の名人であり、天才的な頭脳と運動神経を持ち、高慢な大金持ちから盗み、貧しい人に分け与える怪盗紳士です。一等船客の間で不安と恐れが広がっている最中、大金持ちの婦人の宝石が盗まれます。一体誰がルパンなのでしょうか。ニューヨークの港ではベテラン名警部のガニマールが待ち構えていました。

後に出版される推理小説などの多くの本、漫画に大きな影響を与える人気のシリーズです。多くの出版社から出ていますが、ポプラ社版はシリーズが20巻あります。殺人シーンがないので、小学生にもすすめやすいです。

岩波少年文庫 134

小さい牛追い ［改訂］

マリー・ハムズン 作
石井桃子 訳
岩波書店
18×12cm
ソフトカバー
272ページ
本体価格：680円
2005年

キーワード
- きょうだい
- ノルウェー
- ウシ
- 放牧
- 自然
- 仕事
- 自給自足
- 牛乳
- 農場・牧場

4～6年
続編あり（品切）
ハードカバー版品切

ランゲリュード農場に住む一家は夏になると山の牧場へ移り住み、村中の牛を預かり、放牧をしてお金を稼ぎます。4人きょうだいのうち上の2人の男の子は、牛の面倒をみる牛追いを手伝いますが、これはなかなか責任のある仕事です。そしてもらったお駄賃で2人の小さい妹たちにプレゼントを買ってやるのです。ノルウェーの豊かな自然の中でのびのび暮らす子どもたちが、生き生きと描かれています。

一家が険しい山の牧場へ苦労してたどり着き、また戻ってくるまでのひと夏の様子を描いているので、夏休みの読書にすすめやすいです。自然の描写が大変みずみずしく、ノルウェーや放牧のことを知らなくても十分に物語の世界観を味わうことができます。4人きょうだいそれぞれが働き、そして遊ぶ様子は楽しく、時には厳しい姿を見せる自然や動物との関わりにハラハラするところもあります。品切ですが続編に『牛追いの冬』があります。

岩波少年文庫 139

ジャータカ物語

インドの古いおはなし

辻直四郎／渡辺照宏 訳
岩波書店
18×12cm
ソフトカバー
232ページ
本体価格：640円
2006年

4～6年
ハードカバー版品切

キーワード
- 短編集
- インド
- 仏教
- 動物
- お釈迦さま

お釈迦(しゃか)さまの教えが、誰にでもわかるようにと書かれた、インドの仏教説話集です。お釈迦さまの前世(ボーディサッタ)の時の物語で、イソップ物語やアラビアンナイトにも影響を与えたといわれています。547もある説話の中で、この本では30話が取り上げられています。一番最初のお話「サルと人食い鬼」は、ボーディサッタがサルの王様だった時、人食い鬼から部下のサルたちを救ったお話です。このほか、お話の内容は、間違った考えの王様を諭すものであったり、仲良く暮らす知恵だったり、慎ましく生きることを教えたりと、人の心に響くものばかりです。ボーディサッタは、時には様々な動物として、また別の時にはいろいろな立場の人間として生まれ、その行いは慈悲深いというだけではなく、とても賢く痛快です。短編で読みやすいお話集になっています。

岩波少年文庫 216

小公女

フランシス・ホジソン・バーネット 作
脇明子 訳
岩波書店
18×12cm
ソフトカバー
430ページ
本体価格：840円
2012年

- 寄宿舎
- 捨て子・孤児
- 誇り
- 学校
- 友情
- いじめ
- 逆境
- イギリス
- 原作本
- 屋根裏

4～6年

裕福に暮らしていた少女セーラは、ロンドンの寄宿舎学校に入り、皆に慕われていました。ところが突然、父の事業失敗と死によって身寄りがなくなってしまいます。後ろ盾のなくなったセーラは、寄宿舎の下働きをしながら暮らすことになりました。生活が一変し、こき使われる非情な毎日でしたが、セーラはつらい境遇にも耐えていくのでした。

恵まれていてもおごらず、さらに逆境に負けないどころか、それを糧にして自らの力で成長していった主人公の姿は、読者に感動を与えます。貧乏になったとたん、つらく当たる周りの醜さや現実もよく描かれています。終盤から変わっていく事態に、読者の心も温まるでしょう。

古典の名作なので、多くの翻訳本が出版されていますが、この岩波少年文庫版がおすすめです。

福音館古典童話シリーズ29

砂の妖精

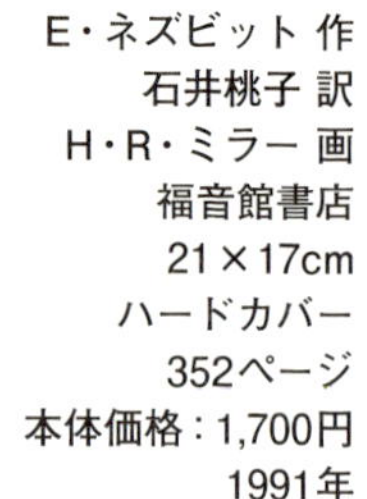
E・ネズビット 作
石井桃子 訳
H・R・ミラー 画
福音館書店
21×17cm
ハードカバー
352ページ
本体価格：1,700円
1991年

キーワード

- 妖精
- 願い
- きょうだい
- イギリス
- 砂
- きまり

4〜6年
福音館文庫版あり

カタツムリのような目、コウモリのような耳、クモのおなかのようなズングリとした腹、サルのような手足を持った妖精サミアド。ロンドンから田舎に移り住んだ４人きょうだいは、砂利堀場で、砂遊びをしていてこの奇妙な妖精サミアドに出会います。サミアドは何千年も生きていて、ちょっと気難し屋ですが、話を聞いてみると、１日に１度だけ人間の願いをかなえるというのです。そこで子どもたちは早速願いをかなえてもらい、大金を出してもらったり、翼をつけて飛べるようにしてもらったりしますが、困難もついてまわります。

約100年前の作品ですが古めかしくなく、多くの作家にも影響を与えた本です。装丁の割に内容はやさしく、短い章立てなので、冒険ものが好きな子なら、４年生後半くらいから読めるでしょう。

福音館文庫

キルディー小屋のアライグマ

ラザフォード・モンゴメリ 作
松永ふみ子 訳
バーバラ・クーニー 画
福音館書店
17×13cm
ソフトカバー
240ページ
本体価格：650円
2006年

キーワード

- 仕事
- キツネ
- ことば
- 知恵
- 服
- 学習
- 留守番・見張り
- 森林
- アライグマ

4～6年
出版社変遷：学研→福音館書店

人と話すのが大の苦手のジェロームじいさんは、山の中に建てた小さな家で、老後は１人気ままに過ごすつもりでした。ところが、家の後ろの壁にアメリカ杉の大きな幹をそのまま使ったことから、元々その木に住んでいたアライグマとスカンクの家族と共同生活をすることになります。じいさんは、この動物たちとの言葉のない交流を通して、人間とも話ができるようになり、近くに住む子どもたちとの交流も始まります。しかし、じいさんの小さい家で増え過ぎてしまったスカンクに、じいさん自身の居場所もなくなり、子どもたちと思案することになりました。

動物との交流や、人間にも心を開いていく主人公が丁寧に描かれています。バーバラ・クーニーの絵もお話によく合っています。動物が好きな４年生以上におすすめです。

リンドグレーン作品集8

名探偵カッレくん

リンドグレーン 作
尾崎義 訳
岩波書店
22×16cm
ハードカバー
232ページ
本体価格：2,100円
1965年

キーワード
- 探偵
- 宝石
- どろぼう
- なぞ解き・推理
- 仲間
- スウェーデン
- 夏

4～6年
続編あり
岩波少年文庫版あり

探偵になりたいと思っている13歳のカッレくんは、いつも身の回りで何か事件が起きないかと期待している自称探偵です。仲良しの友達に、アンデスという男の子とエーヴァ・ロッタというおてんばな女の子がいます。３人は、ちょっとしたいたずらをしたりして遊ぶ普通の子どもたちです。ある時、エーヴァ・ロッタのおじさんのエイナルが彼女の家に居候をするためやってきます。カッレはかねてからの観察力を発揮し、エイナルおじさんは怪しいと目をつけて密かに捜査を始めるうち、本物のピストルを突きつけられ、大ピンチ！　いつの間にか宝石窃盗事件に巻き込まれていきます。

カッレくんの日常生活が丁寧に描かれ、その中で大事件を解決していく、スリルある楽しいお話です。高学年の特に探偵物を求める子におすすめです。

冒険者たち
ガンバと十五ひきの仲間

斎藤惇夫 作
薮内正幸 画
岩波書店
23×16cm
ハードカバー
380ページ
本体価格：1,800円
1982年

キーワード

- ネズミ
- イタチ
- 戦い
- 仲間
- 島
- きずな
- 友情
- 原作本
- 計画・作戦
- 冒険

4～6年
シリーズ
岩波少年文庫版あり

町ネズミのガンバは居心地のいいすみかを見つけて平和に暮らしていました。ある日、友達に誘われて参加したパーティーで、イタチによって仲間が全滅させられそうな島ネズミの忠太の話を聞き、イタチと戦うために、仲間たちと夢見が島へ渡ります。ガンバにとって初めての海、初めての島でした。イタチのノロイ一族は強敵でちょっとやそっとで勝てる相手ではありません。仲間と協力しながら、ガンバたちはイタチと駆け引きをし、ついに決戦の時を迎えます。

文字も細かく、本も厚めですが、最初から読者をぐいぐいと引きつけていく展開で、ドキドキしながら読み進められます。冒険アニメや対戦ゲームなどが好きな子も気に入りそうです。

高学年はもちろん、読書に慣れている子であれば、中学年でも楽しめます。シリーズもすすめてください。

岩波少年文庫 136・137

とぶ船（上・下）

ヒルダ・ルイス 作
石井桃子 訳
岩波書店
各18×12cm
ソフトカバー
232ページ／268ページ
本体価格：640円／680円
2006年

キーワード

- 時間
- 魔法
- 船
- 冒険
- タイムトラベル
- 願い
- 飛ぶ
- 成長
- きょうだい

4～6年
ハードカバー版品切

4人きょうだいで一番年上のピーターは、1人で町の歯医者に行った帰り、薄暗い小さな店に入ります。20センチメートルくらいの小さな船を見つけ、心を奪われたのです。かつては皇帝でも買うことができなかったという船でしたが、謎の店主に言われるがまま、所持金を全て使って船を手に入れます。その船は強く願うと本物の船となって、時空を超えて行きたい場所に運んでくれる魔法の船でした。ピーターときょうだいたちは、魔法の船を使って、北欧神話の世界や中世イギリスなど、様々な歴史の舞台を訪れ、次第に歴史的な事件に巻き込まれていきます。

登場する子どもたちは、実直で、魔法の船の主にふさわしい人物に描かれているので、読者も受け入れやすいです。歴史の知識がなくても、冒険ファンタジーとして楽しむことができます。

岩波少年文庫 093・094

トム・ソーヤーの冒険（上・下）

マーク・トウェイン 作
石井桃子 訳
岩波書店
各18×12cm
ソフトカバー
262ページ／254ページ
本体価格：各680円
2001年

- 家出
- 冒険
- アメリカ
- 宝物
- 迷子
- 友達
- いたずらっ子
- 川
- 原作本

4～6年
ハードカバー版品切

トムは無鉄砲でいたずら好きな男の子です。両親を亡くし、育ての親である叔母をいつも困らせ心配をかけてばかりいます。墓地で殺人事件を目撃したり、洞穴で迷子になって３日間閉じ込められたり、浮浪少年のハックルベリー・フィンや仲間たちと、様々な冒険を繰り広げます。

腕白で行儀の悪いトムですが、人情味あふれるところが魅力です。宝物を掘り出したいという、いかにも男の子らしい好奇心から始まる冒険の数々に、読者は共感と憧れを持って読み進めることでしょう。また、町に引っ越してきた判事の娘ベッキーとのやりとりも、少年らしい恋の芽生えを感じさせ、物語に彩りを与えています。

有名な話なので多くの翻訳本が出ていますが、この岩波少年文庫版は完訳で読みやすい訳なので、この版をおすすめします。

ケストナー少年文学全集６

ふたりのロッテ

エーリヒ・ケストナー 作
高橋健二 訳
岩波書店
21×16cm
ハードカバー
208ページ
本体価格：1,560円
1962年

キーワード

- 夏
- 入れ替わり
- 親子
- 計画・作戦
- 結婚・離婚
- ドイツ
- オーストリア
- なぞ・秘密
- 原作本
- きょうだい

４～６年
岩波少年文庫版あり

サマーキャンプで知り合ったロッテとルイーゼは、見た目がそっくりです。話をするうちに、実は双子で、別れた両親にお互いを知らされないまま育ったことがわかります。両親を仲直りさせたい２人は、サマーキャンプからの帰りに、ロッテはルイーゼになってウィーンの父の元へ、ルイーゼはロッテになってミュンヘンの母の元へと向かいます。両親にばれないように連絡をとりながら、自分たちの幸せのため作戦は進みます。

携帯電話などない時代、大人の都合に振り回されず、両親を驚かせ、力を合わせて作戦を成功に導く展開に読者も引き込まれます。サマーキャンプがきっかけの話なので、夏休みにおすすめです。家族４人で暮らせるように双子の娘たちが奮闘する姿は、特に高学年が共感しやすいでしょう。高橋健二訳のハードカバー版でも十分楽しめますが、岩波少年文庫版の池田香代子の訳も親しみやすく感じます。

偕成社文庫 3103・3104・3105・3106

ニルスのふしぎな旅（1～4）

ラーゲルレーヴ 作
香川鉄蔵・香川節 訳
偕成社
各19×13cm
ソフトカバー
285-309ページ
本体価格：各700円
1982年

キーワード

- 空
- 鳥
- なまけもの
- スウェーデン
- 旅
- 小人
- いたずらっ子
- 飛ぶ
- 伝説
- 原作本

4～6年

ガチョウ番の少年ニルスは乱暴で嫌われ者です。ある日、トムテを怒らせ、小人にされてしまいました。小さくなったニルスは、自分の家で飼っていた雄ガチョウに乗って空へ飛び立ちます。キツネに捕まったガンを助けたり、子どもに連れ去られたガチョウを取り戻したりして、ニルスは次第に動物たちに仲間として受け入れられていきます。空の旅の楽しさばかりではなく、夜の危険、悪天候、ひもじさなど困難に出合うたびにニルスは動物たちと協力し、人間の知恵を使ってなんとか乗り越えていきます。

スウェーデン中を巡る空の旅は、各地の伝説や歴史、産業、地理などを、ニルスが体験するエピソードに交えながら語ります。旅の中で成長していくニルスにそって、ドキドキワクワクしながら読めます。ノーベル文学賞作家による壮大な長編物語は、大人に読んでもらえば、理解も楽しさもより深くなるでしょう。挿絵も原書のもので完訳の、偕成社文庫版をおすすめします。

のっぽのサラ

パトリシア・マクラクラン 作
金原瑞人 訳
中村悦子 絵
徳間書店
19×14cm
ハードカバー
152ページ
本体価格：1,300円
2003年

キーワード

- 手紙
- 再婚
- 草原
- 自然
- 海
- 家族
- きずな
- 養子・養い親
- 広告
- アメリカ

4～6年
続編あり
出版社変遷：福武書店→徳間書店

アンナの家族は大草原の中で暮らしていました。弟のケイレブが生まれた翌朝母が亡くなり、何年間か父親と弟との３人暮らしをしていて、母親なしの生活に寂しさを感じていました。父親はある日、新聞に結婚相手を求める広告を載せます。その広告を見て、海辺の町からやってきたのが、自分のことを「のっぽで不細工」というサラです。サラは、海が何より好きで波や貝のことを教えてくれます。そんなサラが大草原での暮らしを気に入ってくれるでしょうか。

大自然の中、自給自足で暮らす人たちにとって母親は大切な一家の働き手であり、担い手でもあります。母親のいない家族の不安な気持ちはひとしおですが、優しくて働き者のサラが不安をかき消してくれます。新しい家族をゆっくりと受け入れていく家族のきずなが、豊かな自然描写に彩られて描かれています。続編『草原のサラ』と併せて、高学年にすすめてください。

シャーロットのおくりもの

E・B・ホワイト 作
ガース・ウイリアムズ 絵
さくまゆみこ 訳
あすなろ書房
21×16cm
ハードカバー
224ページ
本体価格：1,500円
2001年

- 友達
- 命
- クモ
- ブタ
- 農場・牧場
- プレゼント
- 計画・作戦
- 文字
- 原作本
- コンテスト

4～6年

子ブタのウィルバーは、ほかのきょうだいより小さくできそこないだといわれて、殺されそうになります。その時助けてくれ、愛情を込めて育ててくれたのは、その家の女の子ファーンでした。その後、ウィルバーはファーンのおじいさんの家に引き取られ、農場の小屋の中でヒツジやウシ、ガチョウたちと暮らします。その中で一番の友達になったのは賢いクモのシャーロットでした。シャーロットは、どうしたらウィルバーが人間に殺されずに済むかを考え、実行してくれました。ウィルバーはこの大事な友達に「ぼくは君に何もしてあげていないし、そんな価値はないのに、どうしてぼくにいろいろしてくれたのか」と聞きます。シャーロットは、何と答えたでしょうか？

のどかに見える農場で動物たちは自分の命を懸命に生き、人間があれこれ考えることが愚かに見えるような純粋な心の美しさを見せてくれます。映画にもなった高学年向きの本です。

世界傑作童話
丘はうたう

マインダート・ディヤング 作
モーリス・センダック 絵
脇明子 訳
福音館書店
22×16cm
ハードカバー
232ページ
本体価格：1,500円
1981年

4～6年

キーワード
- 冒険
- 田舎
- 成長
- 家族
- 丘
- 水田・畑
- ペット・家畜
- ウマ
- トウモロコシ
- きょうだい

家族とともに田舎に引っ越してきた少年、レイモンド。末っ子なので兄姉のように学校には行けず、つまらないのですが、それでも毎日心も体も楽しくてむずむずすることばかりです。ある日レイモンドは、どこまでも続くトウモロコシ畑の向こうに“ぼくだけのひみつ”を見つけます。

小さな子がこんなことをするのかという驚きの行動ののちに、きょうだいや親、みんなに認められる、冒険と成長の物語です。主人公は就学前の男の子ですが、子どもが誰しも感じる不安をいだき、大胆な行動をとる姿に小学生も共感できるでしょう。温かく見守る両親も素晴らしく、物語に必要なアイテムが全部入っている感じの本です。

読んであげれば低学年でもわかりますが、字が小さいので、自分で読むなら中学年以上が適当でしょう。

岩波少年文庫 106・107
ハイジ（上・下）

ヨハンナ・シュピリ 作
上田真而子 訳
岩波書店
各18×12cm
ソフトカバー
318ページ／280ページ
本体価格：720円／680円
2003年

- 自然
- スイス
- 原作本
- 友達
- 車いす
- ドイツ
- 山
- 小屋
- ヤギ
- おじいさん

家族を亡くした少女ハイジは、スイスのアルプスで暮らす気難しいおじいさんに預けられました。大自然の中で元気に育っていたハイジですが、8歳のある日、おばさんがやってきて、お金持ちのお嬢さん、クララの遊び相手として大都会フランクフルトに無理やり連れていかれます。ハイジはクララと仲良くなるものの、都会の生活になじめず精神的に参ってしまいます。

人を嫌って山に籠るおじいさん、貧しく暮らす羊飼いのペーターとその家族、病気がちで足の悪いクララ。ハイジの明るさと健気さはそれらの周りの人々を力づけ、幸せにします。

生きることの意味を考えさせてくれる物語なので小学生のうちにぜひ読んでほしいです。夏休みに大自然を感じながら読むのもいいでしょう。

多くの翻訳が出版されていますが、きちんとした完訳で、言葉も美しい岩波少年文庫版もしくは福音館書店版をすすめるといいでしょう。

あかね世界の文学

ジンゴ・ジャンゴの冒険旅行

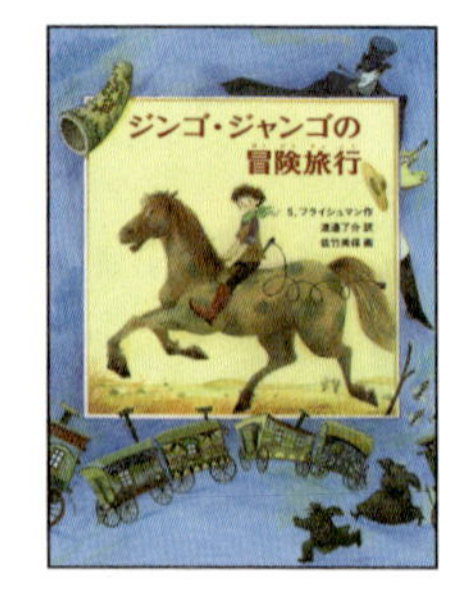

S・フライシュマン 作
渡邊了介 訳
佐竹美保 画
あかね書房
21×16cm
ハードカバー
239ページ
本体価格：1,300円
1995年

キーワード

- 地図
- 冒険
- 相棒
- 宝探し
- 捨て子・孤児
- アメリカ
- メキシコ
- 19世紀
- お父さん

4～6年

母親の死後、父親に孤児院に預けられた少年ジンゴ。院長は子どもを使ってお宝を探す悪党で、ジンゴは脱走を繰り返していました。ある日煙突の中で宝の地図が彫ってあるというクジラの歯を手に入れます。そこに父親と名乗る男がジンゴを引き取りに来ました。今の生活から抜け出せるなら、と何者かわからないままジンゴはこの男と旅に出ます。また裏切られるのではないかと大人を信じられないジンゴですが、苦難を乗り越え宝探しの旅を続けるうちに、知恵者で頭の切れるこの男が好きになっている自分に気づきます。

スピーディーな展開で、読者を飽きさせることがありません。登場人物たちに魅力があり、西部劇のような雰囲気で読み進められます。

岩波少年文庫 052

風にのってきたメアリー・ポピンズ

P・L・トラヴァース 作
林容吉 訳
岩波書店
18×12cm
ソフトカバー
296ページ
本体価格：720円
2000年

キーワード
- 乳母
- ふしぎな世界
- 動物との会話
- 傘
- 飛ぶ
- イギリス
- クリスマス
- 誕生日
- 風
- 原作本

4～6年
シリーズ
ハードカバー版品切

東風にのり、傘をさして空からバンクス家にやって来た乳母のメアリー・ポピンズ。辛口でしつけには厳しいのですが、バンクス家の子どもたちは不思議な力を持っているこの乳母が大好きです。ある日、メアリー・ポピンズと２人の子どもたちは、メアリー・ポピンズのおじさんの家を訪ねます。すると、なんとおじさんは天井近くまで浮かび上がって、大笑いをしているではありませんか。子どもたちもおかしくなって笑い出すと、次々に浮き上がりましたが、メアリー・ポピンズだけは、おかしなことを考えなくても浮き上がれたのです。こうして４人は空中でお茶を飲むことになりました。

メアリー・ポピンズの周りでは不思議なことばかり起こり、読み手をぐいぐいと物語に引き込んでいきます。読み慣れた子なら、３年生後半くらいから楽しめるでしょう。シリーズも楽しいです。

ナルニア国ものがたり1

ライオンと魔女

C・S・ルイス 作
瀬田貞二 訳
岩波書店
21×16cm
ハードカバー
256ページ
本体価格：1,700円
1966年

キーワード
- たんす
- きょうだい
- 雪
- ライオン
- 魔法
- 原作本
- 王族・貴族
- 戦い
- 陰謀・裏切り
- ふしぎな世界

5～6年
シリーズ
岩波少年文庫版あり

ロンドンから疎開してきた4人きょうだいは屋敷の中で大きな衣装だんすを見つけました。それは人間の世界とナルニアという不思議な国を結ぶ入り口だったのです。ナルニア国は白い魔女によって永遠の冬に変えられていました。そこに迷い込んだ4人きょうだいと、偉大なるライオン、アスランとが協力して魔女の力を打ち破るために戦います。

読者は4人のきょうだいと一緒にいつの間にか不思議な世界に迷い込み、次々と意表を突く展開に引き込まれていくうちにナルニアの世界を体験し、冒険している気分になれるでしょう。

全7作からなる壮大なファンタジーで、発表された順番は物語の時系列にはなっておらず時代が前後するのですが、そこにも著者の意図があるので、やはり発表順に読んでいくのがおすすめです。

福音館創作童話

ノンちゃん雲に乗る

石井桃子 著
中川宗弥 画
福音館書店
18×13cm
ハードカバー
278ページ
本体価格：1,200円
1967年

5～6年

- 雲
- ふしぎな世界
- 相談
- おじいさん
- 優等生
- 留守番・見張り
- 原作本
- きょうだい

小学校２年生のノンちゃんは成績も良いしっかりした女の子です。お母さんがお兄ちゃんだけを連れて東京に出かけてしまったので、悲しくなったノンちゃんは氷川様の境内に行き、モミジの木に登りました。下を見ると池にやわらかそうな雲が浮かんでいます。ノンちゃんが池に落ちると、不思議なことに雲の上の世界に迷い込んでしまい、そこで身の上相談のおじいさんと出会いました。

空の中に落ちるという発想がユニークですが、ゆったりしたおじいさんの存在もあいまって、物語は読者を自然と雲の上の気持ちよさそうな世界に運んでくれます。おじいさんに促されてノンちゃんは大きな愛情を持った両親や、やんちゃだけど憎めない兄について語りますが、それぞれの人物がとても温かく描かれています。そして自分のことを振り返るうちに、ノンちゃんは、謙虚な心を持つことが大事だと気づかされるのです。

岩波少年文庫 233

ミス・ビアンカ　くらやみ城の冒険

マージェリー・シャープ 作
渡辺茂男 訳
岩波書店
18×12cm
ソフトカバー
272ページ
本体価格：700円
2016年

キーワード
- ネズミ
- 冒険
- 救助
- 城
- ノルウェー
- 仲間
- 計画・作戦
- 原作本
- 地図
- 脱出・逃亡

5～6年
シリーズ
ハードカバー版品切

ミス・ビアンカは大使館の男の子に飼われている優雅な白ネズミです。ネズミたちが結成している“囚人友の会”の強い推薦により、ミス・ビアンカはくらやみ城にとらわれている“詩人”というネズミを助け出す任務を果たすことになりました。料理部屋で働く真面目なネズミのバーナード、ノルウェーの船乗りネズミのニルスとともに、看守や監獄長や飼いネコなど、様々な見張りの目をすり抜けながら３匹で力を合わせて“詩人”の救出に向かいます。豊かな暮らしをして苦労知らずに見えるミス・ビアンカですが勇気と知恵を持ち、女性らしい上品な魅力に富む主人公です。３匹は船や飛行機を使い、何か月もかかるスリルあふれる大冒険をするのですが、ビアンカに魅せられたバーナードや、あらくれでも通訳としても頼りになるニルスとの組み合わせは絶妙で、３匹がそれぞれの個性を生かして協力する様子も楽しめます。冒険物が好きな子にぴったりです。

百まいのドレス

エレナー・エスティス 作
石井桃子 訳
ルイス・スロボドキン 絵
岩波書店
22×16cm
ハードカバー
92ページ
本体価格：1,600円
2006年

キーワード
- 差別
- 貧困・貧乏
- 絵
- 引っ越し
- 手紙
- 学校
- 友達
- 服
- アメリカ
- 仲間はずれ

5～6年

移民のワンダはいつも１人で、話しかける友達もいません。着ている服は洗濯はしてあっても、はげちょろけでしわだらけのいつも同じ青いワンピースです。そんなワンダが、学校一の人気者で見た目もきれいなペギーに、とても小さな声で「あたし、うちに、ドレス百まい、持ってるの。」と言ったことから、ペギーと、ペギーの仲良しのマデラインに通学途中で待ち伏せされ、からかわれるようになります。そしてデザインコンクールで、ワンダは素晴らしい百枚のドレスの絵を描き残して、学校を去るのです。

差別はいけないとわかっていながらも、つい同調してしまう人間の弱さと、それによる居心地の悪さがよく描かれています。難しい言葉を使わずにいじめを描いている物語です。人間関係に悩む読者も共感を持てるでしょう。４～５回に分けて、クラスで読み聞かせをしてもいいです。

ロアルド・ダールコレクション16

マチルダは小さな大天才

ロアルド・ダール 作
クェンティン・ブレイク 絵
宮下嶺夫 訳
評論社
18×12cm
ハードカバー
352ページ
本体価格：1,400円
2005年

5～6年

キーワード

- 先生
- イギリス
- 図書館
- 小さい
- 学校
- 天才
- 逆襲
- 理不尽

マチルダは5歳で図書館の本を読みつくし、計算もすらすらできる、とても頭のいい女の子です。父親は人をだましてもうける自動車会社の社長で、母親は家のことをまともにやらず、ほったらかしです。2人はマチルダのことを、いつか取って捨ててもよい“かさぶた”のように扱っています。おまけに学校に上がると、横暴な校長が猛威をふるっていました。マチルダは得意の頭脳を使って、横暴な大人たちに立ち向かっていきます。

体も小さく一見何もできなさそうなマチルダが、知性と特殊能力を使って極悪非道な大人をこらしめるさまは痛快です。マチルダのことを気にかけている教師のミス・ハニーの穏やかさと心優しさが、救いになっています。作中の大人は読者にわかりやすいようにかなり悪く描かれていますが、理不尽な抑圧に対する不満には読んでいても共感できるでしょう。

児童図書館・文学の部屋
ぼくとくらしたフクロウたち

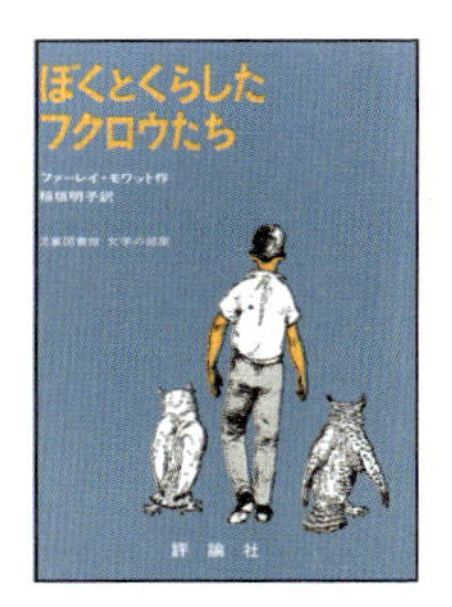

ファーレイ・モワット 作
稲垣明子 訳
評論社
21×16cm
ハードカバー
149ページ
本体価格：1,500円
1972年

- ペット・家畜 ●野生
- フクロウ・ミミズク
- 自然
- カナダ
- 草原

5～6年

ビリーは動物が大好きで、白ネズミやジリス、ヘビ、ハト、ウサギ、イヌを飼っていました。ある日友達と草原へフクロウの巣を探しに行き、そこで弱っていた2羽のミミズクを見つけて連れて帰りました。ミミズクはいたずらが大好きで飼いイヌやお客さんを驚かせることもありますが、ビリーにはとてもなついているのです。

野生のフクロウやミミズクが見つかるようなカナダの豊かな自然の中、少年たちがたくさんの動物と親しみながらのびのびと暮らす様子を描いています。勇敢で食べ物にうるさいクフロと臆病で食べ物には頓着しないメソという2羽のミミズクの対比もおもしろいです。普段動物を飼っている子も、より自然に近い形でたくさん飼っているビリーをうらやましく思うかもしれません。実話に基づいた物語で、動物好きの高学年にすすめたい本です。

岩波少年文庫 152

北のはてのイービク

ピーパルク・フロイゲン 作
野村泫 訳
岩波書店
18×12cm
ソフトカバー
148ページ
本体価格：640円
2008年

キーワード

- 狩り
- グリーンランド
- エスキモー・イヌイット
- 飢え
- 成長
- 責任感
- クマ
- 誇り
- 家族
- 極寒

5～6年

グリーンランドの自然の中で暮らす少年、イービク。幼い弟妹たちより一歩大人になったイービクは、ある日父親と漁に出かけます。ところが父親はセイウチと戦って亡くなってしまいました。稼ぎ頭を失った一家には、ほかに獲物を捕らえてこられる者もいません。北の果ての地で、厳しい寒さと飢えが次第に一家を襲います。ついにイービクは、家族を救うため、助けを求めに本土の地へ向かって１人で出かけていきました。しかしそれはとても危険な旅で、イービクにはさらなる試練が待っていました。

自然の豊かさや厳しさ、エスキモーの暮らし、家族のきずな、年上の人や仕事を成し遂げた人への尊敬などが丁寧に描かれています。人間の暮らしや命について考えることができる一冊です。多少血生臭い表現も出てきますが、それが想像を助けてくれます。ページ数は多くないので、すぐに読めるでしょう。

世界傑作童話　インガルス一家の物語５

農場の少年

ローラ・インガルス・ワイルダー 作
ガース・ウイリアムズ 画　恩地三保子 訳
福音館書店
21×17cm
ハードカバー
400ページ
本体価格：1,900円
1973年

キーワード

- 農場・牧場
- 手伝い
- 認められる
- アメリカ
- 自給自足
- 自然
- ウシ
- 家族
- 農業
- 雪

5～6年
シリーズ
福音館文庫版あり

舞台は1860年頃のアメリカ、ニューヨーク州です。農場を営むワイルダー家は両親に４人きょうだい、末っ子は９歳のアルマンゾです。アルマンゾは学校へ行くより、父さんの農場を手伝ってウシやウマと過ごす方が好きです。子ウシを訓練したり、大きなカボチャを実らせたりするうちに、父さんと同じ農夫になる決心をします。幼さゆえの失敗もありますが、そのたびにきちんとしつける父親には我が子への大きな愛情を感じます。「インガルス一家の物語」シリーズの作者・ローラの夫アルマンゾの少年時代の実話をもとに書かれています。大人の手伝いをして働きながら、だんだんと一人前に認められていくアルマンゾは、読む子どもの心をしっかりと捉えます。厚い本ですが、１日１章ずつ読み進めればちょうど１か月くらいで読めるので、夏休みの読書にもぴったりです。ほかの出版社からも出ていますが、訳が良くて読みやすいこの版がおすすめです。

しずくの首飾り

ジョーン・エイキン 作
猪熊葉子 訳
岩波書店
23×16cm
ハードカバー
164ページ
本体価格：2,200円
1975年

5〜6年

キーワード
- 誕生日
- 短編集
- 魔法
- ふしぎな世界
- 首飾り
- 水
- 雨

表題作を含め８編を収めた短編集なので、高学年の朝読書にも使いやすい本です。表題作「しずくの首飾り」では、ローラは北風からとてもきれいな“しずくの首飾り”をもらいます。生まれてから毎年しずくを１粒ずつ増やして、不思議な力を授けてくれる首飾りです。でも、それを外すと悪いことが起きるというのです。ところがあと１つでしずくの粒が10になるというときに、この首飾りを妬んだ友達が先生に告げ口し、ローラは首飾りを外さなければならなくなります。さらに、その首飾りを盗まれてしまいました。

このほかにも、空のかけらが入ってしまって空中飛行するパイの話、イースト菌をのみ込んでクジラみたいにふくらんだパン屋のネコの話など、奇想天外なファンタジーが集められています。それぞれの世界は美しく、想像力をかき立てられます。また、切り絵調の挿絵が幻想的な雰囲気を増しています。

シャーロック＝ホームズ全集５・６

シャーロック＝ホームズの冒険（上・下）

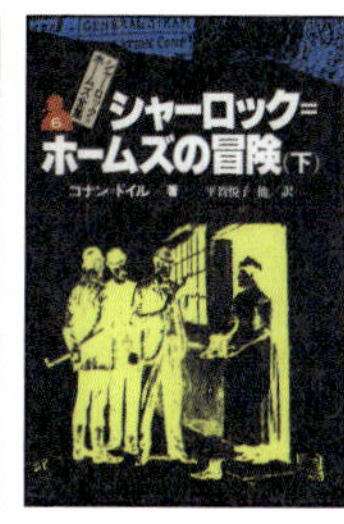

コナン・ドイル 著
中尾明　他 訳／平賀悦子　他 訳
偕成社
各20×14cm
ハードカバー
358ページ／374ページ
本体価格：各1,200円
1983年

- 探偵
- 短編集
- 原作本
- なぞ解き・推理
- 虫眼鏡
- 新聞
- 事件・犯罪
- イギリス
- 19 世紀

5～6年
シリーズ

名うての刑事も手をこまぬくような難事件の数々を名探偵ホームズが鋭い観察眼と推理力で次々に解決していくシリーズです。時代背景や情景などが丁寧に描かれています。代表的な作品「赤毛連盟」では、ロンドンで小さな質屋をやっている赤毛のウィルスンが新聞広告で、赤毛の人だけが楽にもうかる仕事があることを知り、応募することから事件が始まります。見事に合格し、２か月間その仕事に通いましたが、ある日突然仕事先が解散してしまうのです。驚いたウィルスンは名探偵のホームズを訪ねます。ホームズが導き出した謎の答えは、かなり大がかりな事件でした。

時代背景の関係で、コカインなどの薬物使用描写が出てくる場面もあるので、子どもに手渡す際には気をつけましょう。

偕成社版は文庫版も含めて、巻によって訳者が違いますが、どれも違和感なく読み進めることができます。

白狐魔記 1
源平の風

斉藤洋 著
偕成社
19×14cm
ハードカバー
222ページ
本体価格：1,300円
1996年

キーワード
- 変身
- キツネ
- 訓練・修行
- 戦い
- 忠誠
- 身代わり
- 歴史

5～6年
シリーズ

親からひとり立ちしたばかりのキツネは、里から里へ旅しているうちに、人間の世界に興味を持つようになりました。そこでキツネは白駒山へ修行に行き、人間に化けることができるようになると、白狐魔丸と名乗って人間の姿で暮らし始めます。シリーズ第１巻の「源平の風」では、キツネが源平の戦いに巻き込まれ、兄源頼朝に追われている弟源義経や弁慶の一行についていき、武士同士が争う様子を見つめて、考えます。

キツネが歴史上の人物と出会い、人と人はなぜ殺し合うのか、身代わりになって死ぬとはどういうことなのかなど、史実と人間の内面とを興味深く見つめていく歴史ファンタジーです。歴史が好きな子は文句なく楽しめますが、人間の世界を知らないキツネの目線は、歴史をまだ習ったことのない子どもの目線にそのまま重なるので、歴史を知らない子や興味のない子にすすめてもいいでしょう。

福音館創作童話

三月ひなのつき

石井桃子 さく
朝倉摂 え
福音館書店
21×19cm
ハードカバー
96ページ
本体価格：1,400円
1963年

- お母さん
- 親子
- おひなさま
- 人形
- 折り紙・工作
- プレゼント

5～6年

お母さんと２人暮らしのよしこにとって、３月３日は父の命日でもあり、ひなまつりでもあります。学校の帰りに見かけるおひなさまはとても魅力的でしたが、欲しくても黙って我慢していました。ある日とうとう母に打ち明けますが、ピカピカのおひなさまは要らないと言われ、よしこの気持ちは爆発します。なぜうちにはおひなさまがないのか、そこには空襲でおひなさまを焼かれてしまったお母さんの熱い思いがあったのでした。それを聞いてから、よしこは少しずつ大人になっていきます。

戦後間もなくの設定なので古く感じる表現もありますが、今では薄れてしまった風習や、物を大切にする心を教えてくれる本です。２人きりの母子家庭でも、協力し合って温かい雰囲気で暮らしていて、母が娘を思い、その思いを受けて娘の心が育っていくところは親子のきずなが感じられる気持ちの良い作品です。

岩波の愛蔵版 17

たのしい川べ —ヒキガエルの冒険—

ケネス・グレーアム 作
石井桃子 訳
岩波書店
23×16cm
ハードカバー
362ページ
本体価格：2,000円
1963年

キーワード
- 川
- ネズミ
- モグラ
- 動物
- 自然
- 仲間
- イギリス
- 家・家具
- カエル
- 冒険

5～6年
岩波少年文庫版あり

春の風に誘われて地下の家を飛び出したモグラが、川ネズミに出会い、一緒に暮らす中で川辺や森の動物たちと、季節感豊かな生活を楽しみます。小動物ならではの自然の厳しさも感じられ、その世界に入り込んだような楽しさがあります。

この作品に登場する動物たちは、服を着て家に住み、人間のように話すなど、擬人化されています。中でも、立派な屋敷に住み、金持ちで自動車狂いのヒキガエルは、傲慢でわがままな人物ですが、魅力的です。親切で立派なアナグマや、友達思いのモグラや川ネズミに諭されて、感謝の心を持ち、生まれ変わったようになる最後も素晴らしいです。そっと見守る静かな優しさなど、細かい心のひだを表現した部分がたくさん盛り込まれているファンタジーです。

読みごたえはありますが、難しい話ではありません。読み慣れた子や動物が好きな子にすすめたい本です。

岩波少年文庫 141

飛ぶ教室

エーリヒ・ケストナー 作
池田香代子 訳
岩波書店
18×12cm
ソフトカバー
264ページ
本体価格：680円
2006年

キーワード
- クリスマス
- ドイツ
- 雪
- けんか
- 劇
- 勇気
- 学校
- 友達
- 原作本
- 先生

5～6年

ドイツの男子校の寄宿舎で暮らす5人組は、個性豊かなメンバーです。5人はクリスマスに上演する劇の稽古を熱心に行っていました。しかし上級生に嫌がらせをされたり、他校の生徒と決闘をしたりして、罰を受けてしまいます。さらにけがで代役を立てなくてはならなくなる中、いよいよ上演の日がやって来ました。

個性はバラバラですが、いざという時には一致団結し、お互いのことをわかってやれる気持ちの良い5人の少年たち。それぞれに自分の抱えている問題や境遇と真剣に向き合っており、その必死な姿は切なく胸を打たれます。2人の大人が誠実に少年たちと接していて、物語を温かく支えています。

多くの出版社から出版されている作品ですが、読みやすい翻訳で挿絵も良いので、岩波少年文庫版をおすすめします。

岩波少年文庫 155

オタバリの少年探偵たち

セシル・デイ・ルイス 作
脇明子 訳
岩波書店
18×12cm
ソフトカバー
262ページ
本体価格：680円
2008年

キーワード
- 仲間
- 探偵
- どろぼう
- 計画・作戦
- 約束
- お金・お金もうけ
- イギリス
- なぞ解き・推理

5～6年
ハードカバー版品切

第二次大戦直後のイギリスで戦争ごっこに興じていた少年たちの物語です。ある時、学校の窓ガラスを割ってしまい、お金を工面できない子のために、皆が得意なことなどをしてお金を作って助けようとします。ところが、せっかくためたお金が忽然（こつぜん）と消え、責任感が強く頭も良いテッドが、戦争ごっこで対立していた相手チームたちに疑われてしまいます。本当のどろぼうを見つけて無実を証明し、さらにはお金も取り戻さなくてはなりません。テッドに信頼を寄せている仲間たちが、真犯人を見つけますが、悪党にナイフで脅されてしまいます。支払いの期限が迫り、何としても証拠を捜さなくてはなりませんが、思わぬ成り行きから大人の大きな犯罪の証拠を見つけてしまいます。大人の悪党相手に少年たちが大活躍します。

少年たち一人ひとりの個性がよく描かれ、信頼のおける大人や、話のわかる警視のことばも物語に安心感を与えてくれています。

福音館文庫

山のトムさん　ほか一篇

石井桃子 作
深沢紅子　ほか 画
福音館書店
17×13cm
ソフトカバー
240ページ
本体価格：700円
2011年

- 山
- 戦後
- ネコ
- 開墾
- 原作本
- 家族
- 農業

5～6年

戦後まもなく北国のある山に、開墾のため、トシちゃん親子と親戚たちが移り住みました。家の中をネズミに荒らされて困った家族は、ネズミを追い出すために、子ネコのトムさんを飼うことにしました。トムさんは、家族と一緒に外についていったり、作法がわかっているかのように、台所の定位置でエサを待ったり、ちょっと風変わりなネコです。

戦後すぐのまだ復興していない混沌とした世の中で、自給自足で暮らす人々の生活ぶりが東北弁の温かい雰囲気とともにつづられています。慌ただしく余裕もなくなりがちな日々の中、１匹のネコが家族の一員として皆を和ませる大切な役割を果たしているのです。

時代背景は古いですが、とてもおもしろく読めます。中学年以上のネコ好きの子におすすめです。

福音館創作童話

鬼の橋

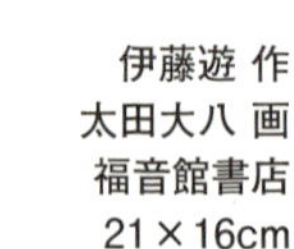

伊藤遊 作
太田大八 画
福音館書店
21×16cm
ハードカバー
344ページ
本体価格：1,400円
1998年

キーワード
- おに
- きょうだい
- 伝説
- 平安時代
- 橋
- 井戸
- 地獄

5～6年
福音館文庫版あり

平安初期に実在した小野篁(たかむら)。12歳の時、仲の良い妹を事故にあわせて死なせてしまいます。悲しみに暮れた篁は、彼女が落ちた井戸へと導かれます。そこには、あの世との境目の橋がありました。篁はその橋で、悲しい因果を背負った武将や角が折れて人間の心を持ってしまった鬼と出会います。自らを許せず大人になることを拒む篁は、彼らと関わることで少しずつ成長し、変わっていくのです。

登場人物がそれぞれ持っている宿命が物悲しく、人間の苦悩や性(さが)を描き出しています。「白狐魔記」シリーズ（斉藤洋→p.162）よりテーマは重いのですが、読みごたえがあり、本好きの子どもにはおすすめです。特に歴史や古典の好きな子にぴったりでしょう。そういう子なら、一気に読めるほど、読みやすい本です。

福音館古典童話 4

ふしぎの国のアリス

ルイス・キャロル 作
生野幸吉 訳
ジョン・テニエル 画
福音館書店
21×17cm
ハードカバー
208ページ
本体価格：1,700円
1971年

キーワード

- 穴
- トランプ
- ウサギ
- 原作本
- 王族・貴族
- 夢
- ことば遊び
- 大きくなる・小さくなる
- ふしぎな世界
- パーティー

5～6年
続編あり
福音館文庫版あり

アリスが草むらに座っていると、チョッキを着た白ウサギが時間を気にしながら大急ぎで走っていくのが見えました。アリスは好奇心でついていき、一緒にウサギ穴に飛び込むとそこは長い長いトンネル。行きついたところは不思議な世界でした。キノコや薬で、体が大きくなったり小さくなったり、トランプの国に迷い込んだり、奇妙な冒険が続きます。

かわいらしいドレスを着た好奇心いっぱいのアリスや、チェシャ猫など、それぞれのキャラクターの個性が際立っています。不思議でスリルのある場面へ次々と変わり、読者を引き込んでいきます。だじゃれやことば遊びなどもかなり織り込まれていますが、福音館書店版が原著に忠実で読みやすいでしょう。ディズニーアニメなどで有名ですが、ぜひ原作を読んでもらいたいものです。

続編の『鏡の国のアリス』も高学年に人気です。

福音館文庫

赤毛のゾラ（上・下）

クルト・ヘルト 作
酒寄進一 訳　西村ツチカ 画
福音館書店
各17×13cm
ソフトカバー
304ページ／400ページ
本体価格：700円／800円
2016年

キーワード
- 仲間
- 対決
- クロアチア
- 警察官
- 捨て子・孤児
- どろぼう
- 城
- 港町
- 復しゅう・仕返し
- 脱出・逃亡

5～6年
出版社変遷：長崎出版→福音館書店

クロアチアの小さな港町で、ひとりぼっちになってしまったブランコ。大人に頼らず崩れた城を根城に暮らす孤児たちのリーダー、賢くすばしこい赤毛の少女ゾラ。ひもじさのあまり魚を拾ったブランコはどろぼうよばわりされ投獄されてしまいますが、それをゾラに助けられ、２人は仲間になります。そして孤児たちをいじめ、しつこく追い回す権力者の息子の中学生たちに力を合わせて立ち向かっていくのです。金に目がくらんでいる権力者がいる一方で、貧しいながらも人としての優しさや教えをくれる大人もあり、孤児たちは様々な出会いの中で生きる場所を求めていきます。

2016年発行の本書は、物語の舞台となるクロアチアの地図や、訳者による解説が載っていて、読者の理解を助けてくれます。

偕成社文庫 3215・3216・3217

家なき子（上・中・下）

エクトール・マロ 作
二宮フサ 訳
偕成社
19×13cm
ソフトカバー
352ページ（上巻のみ）
本体価格：800円（上巻のみ）
1997年

- 旅
- 旅芸人
- お母さん
- フランス
- 音楽
- 炭鉱
- 再会
- 原作本
- 捨て子・孤児

5～6年

拾われ子だったレミが、大道芸人の老人ヴィタリスのところに売られ、苦難の末に育ての母と生みの母に再会する話です。レミはヴィタリスと旅をしながら、文字や楽譜の読み方を習い、また一緒に暮らすイヌやサルたちとの付き合い方も教わります。厳しさと優しさと教養を持ったヴィタリスは、レミにとって良き保護者であり、師となったのです。旅の途中、ヴィタリスは亡くなりますが、新たな出会いを繰り返し、レミは旅を続けます。

ドラマチックな話なので、長い割にはあっという間に読めるでしょう。高学年向きかと思いますが、読書に慣れていれば中学年でも読めます。

有名な古典なので多くの版が出版されていますが、完訳で読みやすい偕成社文庫版がおすすめです。残念ながら中・下巻は品切重版未定になっています。

リンドグレーン作品集 11

さすらいの孤児ラスムス

リンドグレーン 作
尾崎義 訳
岩波書店
22×16cm
ハードカバー
300ページ
本体価格：2,200円
1965年

キーワード

- 冒険
- 原作本
- 相棒
- どろぼう
- 家出
- 孤独
- 捨て子・孤児
- 無実・えん罪
- 養子・養い親
- スウェーデン

5～6年
岩波少年文庫版あり

温かい両親にもらわれたい一心で孤児院を逃げ出したラスムス。飛び出したものの孤独と不安にさいなまれていたラスムスは優しい風来坊のオスカルと出会い、里親探しの旅に出ます。そしてラスムスは強盗をつかまえる大手柄をたて、お金持ちの農家に引き取られることになったのですが、それはともに過ごしたオスカルと別れなければならないということでした。

次々と意表を突く展開に、読者は最後まで引きつけられます。強盗とのやりとりはスリルがあり、全編を通してハラハラさせられます。勇ましい冒険の一方で、孤児院を出る時の寂しさやオスカルへの思慕の情など、ラスムスの切ない気持ちも描かれ、物語をより感動深いものにしています。

なお、現在品切の『ラスムスくん英雄になる』という作品は、作者も主人公の名前も同じですが、別の“ラスムスくん”の話なので、すすめるときには気をつけましょう。

夏の庭　The Friends

湯本香樹実 作
徳間書店
19×14cm
ハードカバー
232ページ
本体価格：1,400円
2001年

キーワード
- 仲間
- 夏
- 友情
- 戦争
- おじいさん
- 人生
- 成長
- 原作本
- 命
- 庭

5～6年
出版社変遷：福武書店→徳間書店

6年生の山下は祖母の葬式に出席し、初めて亡きがらになった人間を見ました。すると友人の河辺が「人が死んだらどうなるのか自分も見てみたい」と言い出しました。主人公の木山も巻き込まれて、近所でもうすぐ亡くなるといううわさの一人暮らしのおじいさんを3人で見張ることにしました。見張りはあっけなくばれてしまいますが、おじいさんは3人と関わるうちにだんだん元気を取り戻し、お互いの心の距離が縮まっていきます。

少年たちの好奇心が始まりでしたが、おじいさんの荒れていた生活も変わっていきます。次第に明らかになるおじいさんの過去、そして戦争のもたらす悲惨な出来事などを知るにつれ、3人が突き動かされるかのように行動し、心も成長していきます。また3人もそれぞれに家庭の事情を抱えており、自分自身で背負わなければいけない運命と向き合っていくのです。死をきっかけに、生きるということを見つめている本です。

児童図書館・文学の部屋

時をさまようタック

ナタリー・バビット 作
小野和子 訳
評論社
21×16cm
ハードカバー
174ページ
本体価格：1,400円
1989年

キーワード

- 時間
- 夏
- 命
- 不老不死
- 家族
- 水
- 魔法

5～6年

旅の途中、通りかかった森の中の泉で水を飲んだタックの家族。それからしばらくして、家族はその泉の水が、不老不死の水であったことに気づきます。一度は定住したものの、年をとらないタックの家族は、周りの人たちから不審に思われ、引っ越しながら旅を続けることを余儀なくされます。そんなタックの家族が、87年後、泉に行ってみると、泉の水を飲もうとしている女の子を見つけ、ここからお話は大きく展開します。

10歳の少女が出会う、不死の家族との物語です。季節は盛夏。"死"から命の尊さを問いかける本は多いですが、"死ねない家族"を通して限りある命を考えるこの本は貴重です。限りある命だからこそそのありがたさ、そしてどう生きるか。夏休みの読書感想文にもすすめられる本です。

文章もきれいで読みやすく、ぞくぞくしたおもしろさ、怖さのある本です。ちょっと理屈っぽい、高学年にすすめてみましょう。

岩波少年文庫 073

ピーター・パン

J・M・バリ 作
厨川圭子 訳
岩波書店
18×12cm
ソフトカバー
350ページ
本体価格：760円
2000年

キーワード

- 妖精
- 飛ぶ
- 海賊
- 原作本
- 冒険
- 島
- イギリス
- 夜
- ふしぎな世界

5～6年
ハードカバー版品切

大人になりたくない少年ピーター・パンは、遠くにあるネバーランド（どこにもない国）に迷子の男の子たちと住んでいます。ある日ピーターは、妖精ティンカーベルと一緒に空を飛んで、ロンドンのある家の空いている窓から子ども部屋の中に入ります。そこでピーターは、その家の娘ウェンディと出会いました。ピーターはウェンディに、ネバーランドにいる男の子たちのお母さんになってくれるよう話すと、ウェンディは、弟のジョン、マイケルと一緒に妖精の粉の力を借りて、夜空に飛び出していきました。やがてネバーランドに到着したのですが、そこではたいへんな冒険が待っていました。

多くの翻訳が出版されていますが、完訳の岩波少年文庫版や福音館書店版がよいでしょう。子どもを思う両親の気持ちや、登場人物の心境が、丁寧に描かれているので、楽しむには高学年になってからがいいでしょう。

岩波少年文庫 124・125

秘密の花園（上・下）

バーネット 作
山内玲子 訳
岩波書店
各18×12cm
ソフトカバー
262ページ／268ページ
本体価格：各680円
2005年

キーワード

- なぞ・秘密
- 成長
- 庭
- 自然
- イギリス
- 屋敷・館
- 花
- 原作本
- わがまま
- 田舎

5～6年
ハードカバー版品切

コレラで両親を亡くしたメアリは、インドからはるか遠いイギリスの叔父のところに引き取られることになりました。ある日メアリは、屋敷の敷地で鍵を見つけます。それは10年間誰も踏み入れたことのない秘密の庭の鍵でした。さらに、お屋敷には、世間からずっと隠されていた、いとこのコリンも住んでいたのです。メアリは、動物や植物のことならなんでも知っている地元の少年ディコンとともに、自然の空気がすっかり気に入ったコリンと３人で、荒れ果てた庭を復活させようと試みます。

親から愛情を与えられずひねくれてしまったメアリとコリン。しかし自然に囲まれた健康的な暮らしと、庭師や女中マーサの温かい支えにより、身も心も豊かに成長していく二人の様子には、心が洗われます。田舎言葉の翻訳が版によって違います。福音館書店版は東の方の、岩波書店版は西の方のことばですが、どちらでもすすめられます。

岩波少年文庫 062

床下の小人たち

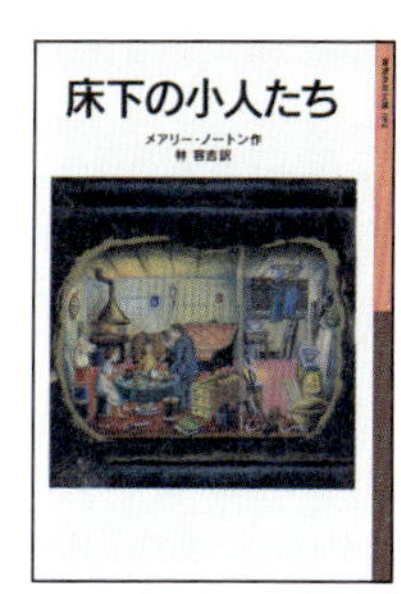

メアリー・ノートン 作
林容吉 訳
岩波書店
18×12cm
ソフトカバー
274ページ
本体価格：680円
2000年

キーワード
- 小人
- 借りる
- 原作本
- イギリス
- 家族
- 家・家具
- 道具
- きまり
- 隠れる

5～6年
シリーズ
ハードカバー版品切

魔力を持たない小人の夫婦とその娘アリエッティ一家のお話です。人家の床下で、人間から借りたもので居心地のいい暮らしをしていた小人の一家。ところが、自由に憧れるアリエッティが、借り暮らしのおきてを破って、人間の男の子と知り合ったことから、一家はこの家に居られなくなり、家を出ていくことになります。

シリーズがあり、『野に出た小人たち』『川をくだる小人たち』『空をとぶ小人たち』『小人たちの新しい家』と続きます。『小人たちの新しい家』の訳者のことばの中には、一連のお話の流れが述べられていて、あらすじをつかむのに役立ちます。4年生くらいから読めますが、アリエッティが親と葛藤しながら成長していくところなどは、高学年の方が向いているでしょう。

ジブリ作品の「借りぐらしのアリエッティ」の原作本です。

福音館文庫

この湖にボート禁止

ジェフリー・トリーズ 作
多賀京子 訳
リチャード・ケネディ 画
福音館書店
17×13cm
ソフトカバー
352ページ
本体価格：750円
2006年

キーワード
- 湖・池
- ボート
- 宝物
- 考古学
- 島
- 禁止
- なぞ解き・推理
- イギリス
- 仲間
- 田舎

5～6年

ビルの家族は湖の近くに引っ越してきました。翌朝、妹のスーザンと、見つけたボートで湖の小島へとこぎ出すと「湖はボート禁止だ」と止められてしまいます。ビルは、島に隠されているらしい秘密を、親友たちと探ることにしました。

ごく普通の少年少女4人のなぞ解きに引き込まれながら、あっという間に読むことができます。周りの大人たちは分別があり、きちんとしていて、全体的に会話がしゃれているのも、この本の良いところです。

きっちりまとまっていて、おもしろく読み進められるので、夏休み前の高学年のブックトークにぴったりです。この本が読めたら、次の段階には、『宝島』（スティーヴンスン→p.194）や『二年間の休暇』（ジュール・ヴェルヌ）をすすめるといいでしょう。

ダイドーの冒険シリーズ

ウィロビー・チェースのオオカミ

ジョーン・エイキン 作
こだまともこ 訳
冨山房
19×13cm
ハードカバー
304ページ
本体価格：1,619円
2008年

キーワード
- オオカミ
- 冒険
- 原作本
- 仲間
- 悪者
- 陰謀・裏切り
- イギリス
- 屋敷・館

5〜6年
シリーズ

100年ほど前のイギリスの架空の場所が舞台のお話です。ロンドンから汽車で丸1日ほど離れたウィロビー高原の真ん中にある立派な邸宅ウィロビー・チェースには、サー・ウィロビーとグリーン夫人、一人っ子のボニーが、何人ものお手伝いさんとともに住んでいました。ある日、病弱な夫人のために、サー・ウィロビーは夫人と長い療養の旅に出かけます。サー・ウィロビーは、屋敷に残していく娘ボニーのために、自分の遠縁の女を家庭教師として雇い、家計も任せたのですが、この女は、まるで飢えたオオカミのようにウィロビー・チェースを食い物にし始めます。ボニーは、父が旅の直前に引き取ったボニーのいとこのシルビア、邸宅の敷地に住む孤児のサイモンと一緒に知恵を絞り、女の悪事に立ち向かっていきます。
「ダイドーの冒険」シリーズの第1作。本に慣れてきて、冒険物を読みたい高学年にぴったりです。

「守り人」シリーズ
精霊の守り人

上橋菜穂子 作
二木真希子 絵
偕成社
22×16cm
ハードカバー
326ページ
本体価格：1,500円
1996年

キーワード
- 用心棒
- 国とり
- 原作本
- 戦い
- 仕事

5～6年
シリーズ
偕成社ポッシュ版あり

短槍のつかい手で、女ながら人の命を救うことを生業とする用心棒のバルサが、新ヨゴ皇国の第二皇子であるチャグムの命を救います。チャグムは身体に精霊の卵が宿ったことで、父である帝から命を狙われていたのでした。バルサはチャグムの母である二ノ妃からチャグムの用心棒を頼まれます。バルサはチャグムを守ることができるのでしょうか。親と引き離され、育ての親とも死に別れ、孤独を抱えるバルサは同じく孤独を抱えるチャグムに共感を持ち、命を懸けて戦います。読者はその強さや優しさに引きつけられるでしょう。

全10巻からなる壮大な物語です。ファンタジーの中の世界で、国と国のつながり、風土や歴史によって影響される民の姿や考え方が、リアリティーを持って描かれています。高学年にすすめてみてください。

岩波子どもの本

九月姫とウグイス

サマセット・モーム 文
武井武雄 画
光吉夏弥 訳
岩波書店
21×17cm
ハードカバー
62ページ
本体価格：900円
1954年

キーワード
- 王族・貴族
- 鳥
- 歌
- タイ
- 愛情
- いじわる
- きょうだい

5～6年

タイの王様は2人のお姫様に“夜”と“ひる”という名前をつけました。そのうち、もう2人お姫様ができたので、王様は上の2人の名前を変え、4人に季節の名前をつけました。さらにまた3人生まれると、今度は七曜日の名前に変え、次のお姫様が生まれた時には、1月から順に月の名前をつけることにしました。そのため何度も名前を変えられた上のお姫様たちはひねくれてしまいましたが、末の姫は九月姫としか呼ばれなかったので、素直な優しい姫でした。ある時、王様から頂いた九月姫のオウムが死んでしまいました。悲しむ九月姫の元に、1羽のウグイスが飛んできて、美しい歌で姫を慰めてくれました。

タイ王国の異国情緒あふれる雰囲気がよく出ており、本当に愛するということを考えさせる物語です。作者サマセット・モームの唯一の児童書で、絵本のような形ですが、中身は高学年以上にふさわしく、いくつになっても読める本です。

岩波少年文庫 067
人形の家

ルーマー・ゴッデン 作
瀬田貞二 訳
岩波書店
18×12cm
ソフトカバー
236ページ
本体価格：640円
2000年

5～6年
ハードカバー版品切

キーワード
- 人形
- 人形の家
- 高慢
- 人間関係
- 家族
- 願い
- やきもち
- イギリス
- きょうだい

　トチーさんは、ずっと昔からいる木でできた小さな人形です。今は、ほかの人形たちと家族になって、エミリーとシャーロットという姉妹のものになっています。ある日、姉妹は親戚から古い人形の家をもらったので、トチーさんたち一家もその人形の家で暮らすことになりました。実はこの家は、トチーさんが以前暮らしていた家だったのです。そしてその時一緒だったマーチペーンという人形は、ドレスを着た高慢な人形でした。ある時、マーチペーンが人形の家にやって来て、トチーさんたちの平和だった暮らしが一変します。

　人形たちの間でも、持ち主の姉妹の間でも、感情の交錯が細かく描かれています。読書に慣れた子におすすめします。人形たちの小さな家を整える場面などは、読者を楽しい想像の世界へ連れていってくれます。

福音館古典童話シリーズ23

ジャングル・ブック

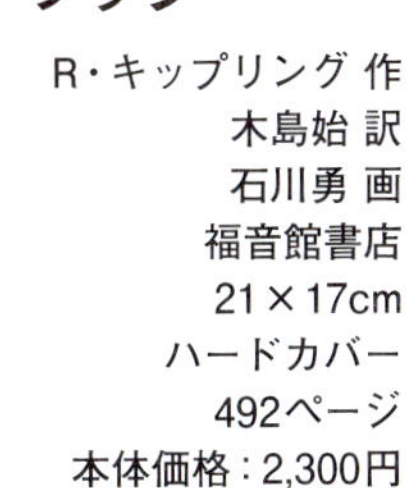

R・キップリング 作
木島始 訳
石川勇 画
福音館書店
21×17cm
ハードカバー
492ページ
本体価格：2,300円
1979年

- ジャングル
- 成長
- 自立
- 知恵
- インド
- 原作本
- 動物
- 野生

5～6年

インドのジャングルに人間の赤ん坊が紛れ込みました。モウグリと名づけられたその男の子は、ヒグマのバルー、黒ヒョウのバギーラという強力な後ろ盾を得て、オオカミに育てられることになりました。一度は人間の世界になじもうとしたモウグリですが逆に人間の裏切りにあい、ジャングルに戻ります。自然の脅威にさらされながらも知恵を駆使してやがてほかの動物たちから恐れられるほどになっていきます。

臨場感があり、トラやヘビをはじめとした野生動物の激しい戦いは大変迫力があります。２匹の後見役が主人公に対して厳しくしつけていきますが、死と隣り合わせの環境から守ってやるための深い愛情を持っていることがわかります。自然のおきてを学びながら小さかった主人公がたくましく成長していく姿も見ものです。福音館書店版か、岩波少年文庫版がいいでしょう。

岩波少年文庫 199

バンビ　森の、ある一生の物語

フェーリクス・ザルテン 作
上田真而子 訳
岩波書店
18×12cm
ソフトカバー
312ページ
本体価格：760円
2010年

5～6年

キーワード

- 自立
- 森林
- 野生
- 動物
- シカ
- 成長
- 尊敬
- 狩り
- 生きる
- 原作本

子鹿のバンビは、森の茂みの中で生まれました。バンビはお母さんに連れられてやぶの中から草原へ出ていきます。初めて見るキリギリスやチョウ、背中に降り注ぐ暖かい日差しにバンビは夢中です。鳥やリスをはじめとした小動物、そして仲間の鹿たちと出会い、バンビは森の様々なことを教えてもらいます。食べ物がろくにとれない厳しい冬も体験しましたが、何より恐ろしいのは猟師が自分を含めた森の仲間を次々に狙ってくることでした。古老鹿の助けを受け、命からがら逃れながらバンビはいつしか立派な鹿に成長していくのです。

人間の代表として登場する狩人との関わりを通して“生きる”ということを考えさせてくれます。生死を分ける緊張感、年長者への尊敬、自然の情景などの描写は秀逸です。

だんだんと親の手を離れていく高学年に、ぜひ読んでもらいたい一冊です。

コラム❺

読み継がれてきた本は素晴らしい

本書で紹介している本は、ロングセラーが多く含まれています。何十年という時を経て多くの人に支持されてきた本を読んでいくと、やはり本の力があることを実感しました。

これらの本は、今の時代の子どもには、古臭いと感じるかもしれないと思い、新しい本も含めていろいろと読んでみました。けれども、子どもたちにぜひすすめたい、心に残る本となると自然にロングセラー作品が多く残る結果となりました。初版からだいぶたっていても、内容的には古い感じはせず、子どもたちが十分に楽しめる本ばかりです。そればかりではなく、これらの本を読むことで、読書の基礎をつくることができ、本の世界によって時空や場所をこえていろいろな経験をすることで、心を成長させることができるのではないでしょうか。

コラム❻

大人に本を読んでほしい

学校では、担任の先生が、読み聞かせをしたり、本の紹介をしたりする学級では、学級全体の読書冊数が多い傾向があります。読まない子のほとんどが、おもしろい本を知らないだけなので、本当にお話を楽しむ経験をすることで、読んでみたいという気持ちが生まれます。そうすると、どこで時間を見つけるのだろうかと思うほど、せっせと読むようになる子もいます。子どもに本を読んであげなくても、近くにいる大人が本を読んでいる姿を見て育つだけでも読書への意欲は高まるのです。

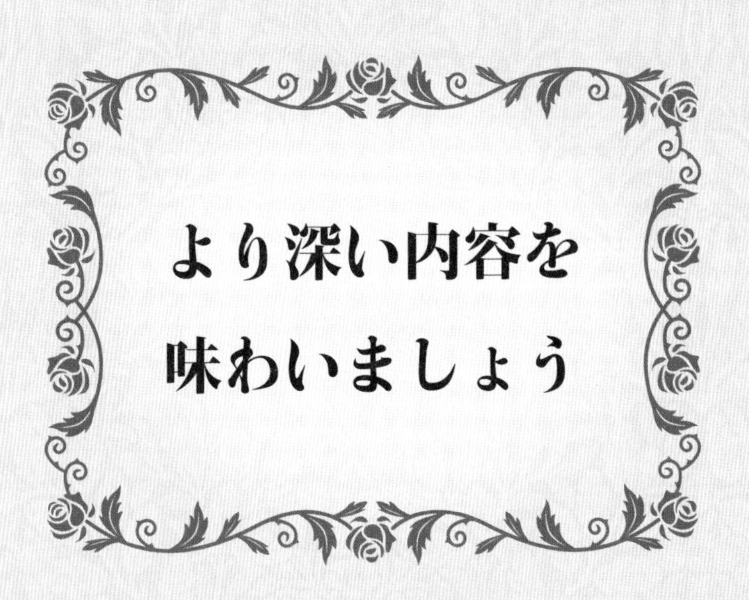

より深い内容を味わいましょう

この章の本は、卒業の頃、ブックトークなどで紹介してもいいでしょう。中学校に進んでから読んでもいいし、大人になってから読んでも十分に読みごたえのある本ばかりです。

岩波少年文庫 218・219

若草物語（上・下）

ルイザ・メイ・オルコット 作
海都洋子 訳
岩波書店
各18×12cm
ソフトカバー
258ページ／300ページ
本体価格：700円／720円
2013年

キーワード

- きょうだい
- クリスマス
- お手伝い
- 留守番・見張り
- 原作本
- 病気
- 劇
- アメリカ
- 戦争
- 隣近所

４人姉妹の父親は、戦地に行ってしまったので、姉妹は母親と暮らしています。決して裕福ではありませんが、貧しい人には気前よく分け与え、他人への思いやりに満ちた一家でした。不満を言ったりけんかをしたりすることもあるのですが、楽しく遊ぶ四姉妹にお隣の資産家の人々も交流を深めていきます。

日常の何気ない出来事が生き生きと描かれています。四姉妹の個性がくっきりと際立ち、楽しい時には４人でともに笑い、またつらい時でも明るさを失わず、健やかに成長していきます。姉妹を温かく見守る母親の存在も大きいです。

海都洋子訳の岩波少年文庫版は、“はじめに”として、物語が書かれた時代背景や主人公についての簡単な紹介があるので、物語への導入を助けてくれます。挿絵はオルコットのファンであったバーバラ・クーニの版画が採用され、お話にぴったり合っています。福音館書店版もおすすめです。

（図書館版）シリーズ赤毛のアン（1）

赤毛のアン

モンゴメリ 作
村岡花子 訳
ポプラ社
18×12cm
ハードカバー
344ページ
本体価格：1,200円
2009年

キーワード
- カナダ
- 試験
- 養子・養い親
- 友達
- 劣等感
- 空想
- 家事
- 初恋
- 愛情
- 原作本

6年
シリーズ
ポケット文庫版あり

マシュウとマリラの初老のきょうだいは、野良仕事の手伝いに10歳くらいの男の子を孤児院から引き取ることにして、知人に頼んでおきました。ところが手違いがあり、やってきたのは11歳の女の子アン・シャーリーだったのです。アンは赤毛でそばかすだらけで空想好きですが、気立てのいい賢い女の子でした。そんなアンをマシュウもマリラも気に入り、引き取ることにします。アンは、大親友となったダイアナをお茶に呼び、イチゴ水と間違えてワインを飲ませて酔わせてしまったり、髪を汚い緑色に染めてしまったり、騒動を起こしながらもマシュウとマリラの愛情に包まれ、賢く美しく育っていきます。

この巻はアンの16歳までが描かれていて、小学生でも楽しめますが、アンの人生をたどるシリーズを読み進めていくのは中学生以降がよいでしょう。完訳の掛川恭子訳も良いですが、やはり村岡花子訳は素晴らしいです。

岩波少年文庫 088

ほんとうの空色

バラージュ 作
徳永康元 訳
岩波書店
18×12cm
ソフトカバー
156ページ
本体価格：640円
2001年

キーワード
- 絵
- 絵の具
- ハンガリー
- 空
- 花
- 色
- 本物
- ふしぎな世界

6年

フェルコーは絵が上手な少年でしたが、家が貧しくて絵の具を持っていません。時々、同級生から絵の具を借りて絵を描いてあげるのが楽しみでした。ある日、借りていた絵の具箱から藍色だけが消えてしまいます。途方に暮れていると、不思議な用務員さんが、野原に咲いている青い花の汁で絵の具を作るといいと教えてくれました。ほんの一瞬しか咲かない花でしたが、その花から作った絵の具で空を描くと、“ほんとうの空”となって、月や星が輝き始めるのです。

フェルコーは次々に不思議な事件に遭遇しますが、ほんとうの空色の絵の具のお陰で運よくやり過ごすことができます。やがて絵の具がなくなってしまうのと同時に、少年時代にも別れを告げ、大人としての新たな一歩を踏み出します。青の印象がとても美しい本です。おませな子なら４年生でもいいですが、内容が理解できるのは６年生くらいからでしょう。

モモ

ミヒャエル・エンデ 作
大島かおり 訳
岩波書店
22×16cm
ハードカバー
360ページ
本体価格：1,700円
1976年

キーワード

- 時間
- どろぼう
- 多忙
- 廃墟
- カメ
- 追跡
- 奪還
- 原作本
- ふしぎな世界

6年
岩波少年文庫版あり

モモは奇妙な格好をしたみすぼらしい女の子でした。しかし人の話を聞くだけでその人が本当の自分を取り戻すという才能を持っており、みんながモモを頼りにするようになりました。ある日灰色の男たちが現れて人々から時間を盗んでいき、街の様子は一変してしまいます。しかしモモだけは悪い企みに惑わされずに奪われた時間を取り戻しに立ち向かうのです。

元は気立てのよかった友人たちが、富や名声を追い求め時間の効率化を図るあまり、どんどん心のゆとりをなくしていく様子に真実味があります。モモと灰色の男たちとの攻防はスリルがあり、忙しい現代の生活に警鐘を鳴らすかのようなファンタジーです。

冒頭はややゆっくりと展開していきますが、第２部から話が動き始めます。第１部で人物設定をしっかり心に留めておくと、物語をより深く楽しめるでしょう。

子どもの文学・青い海シリーズ 24

銀のうでのオットー

ハワード=パイル 作・画
渡辺茂男 訳
童話館出版
22×15cm
ハードカバー
208ページ
本体価格：1,400円
2013年

キーワード

- 生きるか死ぬか
- 戦争
- 中世
- ドイツ
- 腕
- 僧侶・牧師
- 復しゅう・仕返し
- 屋敷・館
- 捕まる
- 僧院

6年
出版社変遷：偕成社→童話館出版

戦いに明け暮れていた中世ドイツ。僧院に預けられていたオットーは12歳になり、父の迎えにより戦禍に巻き込まれていきます。父の留守に、城は宿敵に襲われ、オットーは連れ去られ、とらわれの身となります。敵の幼い姫のお陰で助け出されたオットーは右腕を斬られ、生死をさまよう状態で僧院に戻ります。

苛酷な運命に会いながらも、争いを好まず人を憎まなかったオットーの平和への思いが素晴らしい本です。著者による挿絵が情景を細部まで描写していて、物語の理解への手助けとなっています。

ドラマチックな戦いの物語なので、ファンタジーでは物足りない子に向いているでしょう。読書に慣れている高学年にすすめたい一冊です。中学生になってから読んでもいいでしょう。

岩波少年文庫 011

風の又三郎

宮沢賢治 作
岩波書店
18×12cm
ソフトカバー
240ページ
本体価格：680円
2000年

キーワード
- 転校生
- 風
- 友達
- 変わり者
- 学校
- 短編集
- ふしぎな世界
- 秋
- 原作本

6 年
ハードカバー版品切

谷川にある全校児童48人の小さな小学校に、９月１日転校生が来ました。採掘技士の息子で４年生の高田三郎です。二百十日の風とともにやって来た三郎を、子どもたちは“風の又三郎(風の神)”と呼びました。授業中に、たった１本しかない鉛筆を貸してくれる、赤毛で風変わりな三郎に戸惑いながらも、子どもたちは一緒に遊びます。野原でウマを追っているとき、１人はぐれた嘉助は、霧の中でガラスのマントをはおりガラスの靴をはいた三郎が空を飛ぶのを見るのです。そして、台風の風に三郎が飛ばされてしまうのではないかと心配した嘉助たちが、朝早く学校に行くと三郎は前日に転校していったと先生から知らされます。転校生と村の子どもたちとの10日ほどの日々の物語です。

ほかに「雪わたり」「セロ弾きのゴーシュ」など、宮沢賢治の代表作が10話収められた短編集です。

岩波少年文庫 528

宝島

スティーヴンスン 作
海保眞夫 訳
岩波書店
18×12cm
ソフトカバー
392ページ
本体価格：760円
2000年

6年

キーワード

- 地図
- 陰謀・裏切り
- 海賊
- 島
- なぞ・秘密
- 冒険
- 航海
- 宝探し
- 欲
- 原作本

海が舞台の冒険小説です。港町の宿屋に、年老いた海賊がやってきて居座ります。やがて海賊は亡くなり、残された荷物の中から宝島の地図が見つかりました。宿屋の息子ジムは、信頼している医師のリヴシー先生と地域の名士トレローニさんに相談します。早速トレローニさんが航海に必要な船や道具、船員をそろえ、ジムとリヴシー先生も一緒に、海賊が隠したという宝を探しに航海に出かけます。しかし思わぬ人物の裏切りにあってしまうのです。

悪者に追われる緊迫感やスリルで、あっという間に物語の中に引き込まれていきます。初版は1883年ですが、岩波少年文庫版は訳もよく、生き生きと描かれていて全く古臭く感じません。古典の名作なので、多くの翻訳本が出版されていますが、この版か福音館書店版がおすすめです。高学年になって、読む力がある程度ついてからすすめるのがいいでしょう。

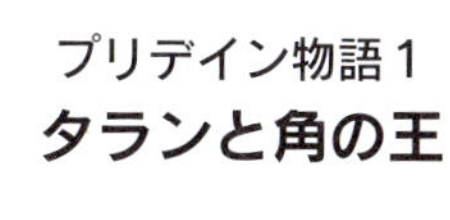

プリデイン物語1
タランと角の王

ロイド・アリグザンダー 著
神宮輝夫 訳
評論社
21×16cm
ハードカバー
266ページ
本体価格：1,800円
1972年

キーワード

- 王族・貴族
- 支配
- 協力
- 仲間
- イギリス
- 成長
- 戦い
- ブタ
- おきて
- 原作本

6年
シリーズ

馬蹄（ばてい）づくりと農業をしながら静かに暮らしている少年タランは、武勲をあげたくてうずうずしていました。ある日、神託を下せる豚ヘン・ウェンが逃げ出してしまいます。敵である“角の王”もヘン・ウェンを追っていると知り、あわてて追いかけたタランですが、いつの間にか長く厳しい旅へ引き込まれてしまうのです。

向こうみずな少年が、旅を通して仲間の活躍や忠誠心に触れていくうちに、武勇ではなく愛や善などの、見落としていたものに気づいていくお話です。

イギリス、ウェールズの古い伝説を基に生まれたファンタジーです。挿絵が一切ないので、ある程度の読書力が必要ですが、冒険物が好きな子なら、どんどん先を読みたくなるでしょう。高学年の本に慣れている子にすすめてみてください。シリーズもあります。

岩波少年文庫 058・059

ホビットの冒険（上・下）

J・R・R・トールキン 作
瀬田貞二 訳
岩波書店
各18×12cm
ソフトカバー
330ページ／282ページ
本体価格：760円／680円
2000年

キーワード
- 小人
- 冒険
- 竜
- 宝探し
- 洞窟
- 魔法使い
- 原作本
- 奪還
- ふしぎな世界

6年
シリーズ
オリジナル版ハードカバー版あり

のんびりくつろいでいたホビット族の小人ビルボの家に、ある日突然魔法使いのガンダルフ、13人のドワーフ族の小人たちが押しかけてきました。竜スマウグに奪われた宝を取り戻すメンバーにビルボが選ばれたというのです。全く乗り気でなかったビルボはあれよあれよと宝探しの冒険に駆り出されてしまいます。何度も迫りくる危険の数々を、魔法の指輪や剣を駆使しながらビルボは自分の力で切り抜けていきます。

初めは頼りなかった主人公が経験を重ねるうちに最後には見違えるほど成長していきます。次々に襲いかかる息をもつかせぬ展開は、まさに冒険ファンタジーの王道です。背景や登場人物など、あらゆるものが緻密に描かれ、読者は体で冒険を味わっている気分になれるでしょう。『指輪物語』（評論社など）へと続いていく作品です。文字が小さく分量も多いので、読書の好きな6年生にすすめたい一冊です。中学生でもいいでしょう。

コラム⑦

本との出合いのタイミング②

本はきちんと最後まで読まなくてはいけないと思う人もいるようです。しかし自分の好みではないジャンルの本は、どんなに評判が良くても魅力を感じにくいでしょう。読んでみて合わないと思ったら、途中でやめてもいいのです。たまたま、その本と出合う時期ではなかったのかもしれません。挫折してしまった本は、時期を置いてから読んでみるのもいいのでしょう。子どもの読む力や心は、どんどん発達していきます。

コラム❽

昔話を聞くことの大切さ

地球上のいろいろな地域で、まだ文字もないような頃から、語り継がれていたものが昔話です。長い長い間に、お話も淘汰(とうた)されて本当におもしろいものだけが残ってきているともいえるでしょう。いい昔話は登場人物やストーリーがシンプルで、きっちりとまとまっています。短いお話の中にも、ハラハラドキドキがあり、最後にほっとするような展開で、起承転結がしっかりしています。昔話を小学生のうちにたくさん聞いたり読んだりすることで、空想する力、物語を読み通す力などがついて、思春期に長いストーリーを読むことができるようになる、といわれています。特に想像する力をつけるには、自分で読むよりも聞く方が何倍も効果があります。昔話は、一つひとつは短いものが多いので、ぜひ、たくさんの昔話と出合ってほしいと思います。

昔話を楽しみましょう

この章では、小学校の図書館においてほしい昔話集をリストアップしました。本の中のお話を紹介すると、自分から手を伸ばして借りていく子がたくさんいます。一つひとつの昔話は長くはないので、朝読書などにも最適です。

書　名

■再話者、編者など
■出版社　■判型
■製本　■ページ数
■本体価格
■発行年

 舞台

アラビアン・ナイト

■ケイト・D・ウィギン、
ノラ・A・スミス 編
■坂井晴彦 訳
■W・ハーヴェイほか　画
■福音館書店　■21×17cm
■ハードカバー　■592ページ
■本体価格：2,500円
■1997年

イギリスとアイルランドの昔話

■石井桃子 編・訳
■J・D・バトン 画
■福音館書店　■22×16cm
■ハードカバー　■344ページ
■本体価格：1,600円
■1981年
※福音館文庫版あり

 イギリス・アイルランド

カナリア王子

■イタロ・カルヴィーノ 再話
■安藤美紀夫 訳
■安野光雅 画
■福音館書店　■17×13cm
■ソフトカバー　■208ページ
■本体価格：650円
■2008年

 イタリア

かもとりごんべえ

■稲田和子 編
■岩波書店　■18×12cm
■ソフトカバー　■254ページ
■本体価格：680円
■2000年

ギリシア神話

■石井桃子 編・訳
■富山妙子 画
■のら書店　■21×16cm
■ハードカバー　■341ページ
■本体価格：2,000円
■2000年

 ギリシャ

金のがちょうのほん

■レズリー・ブルック 文・画
■瀬田貞二・松瀬七織 訳
■福音館書店　■26×20cm
■ハードカバー　■100ページ
■本体価格：1,800円
■1980年

 イギリス

黒いお姫さま

■ヴィルヘルム・ブッシュ 採話
■上田真而子 編・訳
■佐々木マキ 絵
■福音館書店　■17×13cm
■ソフトカバー　■160ページ
■本体価格：600円
■2015年

ドイツ

こども世界の民話　上・下

■内田莉莎子、君島久子、
山内清子 著
■鈴木悠子 画
■実業之日本社　■各21×15cm
■ハードカバー　■各240ページ
■本体価格：各1,845円
■1995年

子どもに語る　アイルランドの昔話

■渡辺洋子、茨木啓子 編訳
■こぐま社　■18×14cm
■ハードカバー　■208ページ
■本体価格：1,600円
■1999年

アイルランド

子どもに語る　アジアの昔話　1・2

■アジア地域共同出版計画会議 企画
■松岡享子 訳
■こぐま社　■各18×14cm
■ハードカバー　■各192ページ
■本体価格：各1,600円
■1997年

アジア

子どもに語る　アラビアンナイト

■西尾哲夫 訳・再話
■茨木啓子 再話
■こぐま社　■18×14cm
■ハードカバー　■208ページ
■本体価格：1,600円
■2011年

子どもに語る　イギリスの昔話

■松岡享子 編・訳
■こぐま社　■18×14cm
■ハードカバー　■208ページ
■本体価格：1,600円
■2010年

イギリス

子どもに語る　イタリアの昔話

■剣持弘子 訳・再話
■平田美恵子 再話協力
■こぐま社　■18×14cm
■ハードカバー　■192ページ
■本体価格：1,600円
■2003年

イタリア

子どもに語る　グリムの昔話 1～6

■佐々梨代子、野村泫 訳
■こぐま社　■各18×14cm
■ハードカバー　■184～192ページ
■本体価格：各1,600円
■1990～1993年

ドイツ

子どもに語る　中国の昔話

■松瀬七織 訳
■湯沢朱実 再話
■こぐま社　■18×14cm
■ハードカバー　■192ページ
■本体価格：1,600円
■2009年

中国

子どもに語る　トルコの昔話

■児島満子 編・訳
■山本真基子 編集協力
■こぐま社　■18×14cm
■ハードカバー　■192ページ
■本体価格：1,600円
■2000年

トルコ

子どもに語る　日本の神話

■三浦佑之 訳
■茨木啓子 再話
■こぐま社　■18×14cm
■ハードカバー　■200ページ
■本体価格：1,600円
■2013年

日本

子どもに語る　日本の昔話 1 ～ 3

■稲田和子、筒井悦子 再話
■こぐま社　■各18×14cm
■ハードカバー　■各192ページ
■本体価格：各1,600円
■1995-1996年

日本

子どもに語る　北欧の昔話

■福井信子、湯沢朱実 編訳
■こぐま社　■18×14cm
■ハードカバー　■192ページ
■本体価格：1,600円
■2001年

北欧

子どもに語る　モンゴルの昔話

■蓮見治雄 訳・再話
■平田美恵子 再話
■こぐま社　■18×14cm
■ハードカバー　■192ページ
■本体価格：1,600円
■2004年

モンゴル

子どもに語る　ロシアの昔話

■伊東一郎 訳・再話
■茨木啓子 再話
■こぐま社　■18×14cm
■ハードカバー　■200ページ
■本体価格：1,600円
■2007年

ロシア

世界のむかしばなし

■瀬田貞二 訳
■太田大八 絵
■のら書店　■21×16cm
■ハードカバー　■159ページ
■本体価格：2,000円
■2000年

太陽の木の枝

■フィツォフスキ 再話
■内田莉莎子 訳
■堀内誠一 画
■福音館書店　■17×13cm
■ソフトカバー　■320ページ
■本体価格：800円
■2002年

 ジプシー

太陽の東　月の西

■アスビョルンセン 編
■佐藤俊彦 訳
■岩波書店　■18×12cm
■ソフトカバー　■270ページ
■本体価格：680円
■2005年

 ノルウェー

日本のむかしばなし

■瀬田貞二 文
■瀬川康男、梶山俊夫 絵
■のら書店　■21×16cm
■ハードカバー　■159ページ
■本体価格：2,000円
■1998年

 日本

ネギをうえた人

■金素雲 編
■岩波書店　■18×12cm
■ソフトカバー　■254ページ
■本体価格：680円
■2001年

 朝鮮

はじめての古事記

■竹中淑子、根岸貴子 文
■スズキコージ 絵
■徳間書店　■21×15cm
■ハードカバー　■128ページ
■本体価格：1,300円
■2012年

 日本

ブラジルのむかしばなし 1 ～ 3

■カメの笛の会 編
■東京子ども図書館　■各21×15cm
■ソフトカバー　■52～60ページ
■本体価格：各1,000円
■2011-2013年

 ブラジル

ポルコさま　ちえばなし

■ロバート・デイヴィス 文
■瀬田貞二 訳
■岩波書店　■22×15cm
■ハードカバー　■156ページ
■本体価格：1,800円
■1964年

 スペイン

真夜中の鐘がなるとき

■オトフリート・プロイスラー 作
■佐々木田鶴子 訳
■スズキコージ 絵
■小峰書店　■18×13cm
■ハードカバー　■135ページ
■本体価格：1,300円
■2003年

 ドイツ

みどりの小鳥

■イタロ・カルヴィーノ 作
■河島英昭 訳
■岩波書店　■18×12cm
■ソフトカバー　■384ページ
■本体価格：800円
■2013年

イタリア

山の上の火

■クーランダー、レスロー 文
■渡辺茂男 訳
■岩波書店　■22×15cm
■ハードカバー　■160ページ
■本体価格：1,900円
■1963年

エチオピア

りこうなおきさき

■モーゼス・ガスター 文
■光吉夏弥 訳
■岩波書店　■22×15cm
■ハードカバー　■160ページ
■本体価格：1,860円
■1963年

ルーマニア

ロシアの昔話

■内田莉莎子 編・訳
■タチヤーナ・マブリナ 画
■福音館書店　■17×13cm
■ソフトカバー　■416ページ
■本体価格：950円
■2002年

ロシア

わらしべ長者

■木下順二 作
■赤羽末吉 画
■岩波書店　■18×12cm
■ソフトカバー　■384ページ
■本体価格：760円
■2000年

日本

今は手に入りにくい本

いい本なのに、現在は流通していない本も実はたくさんあります。品切や絶版の本でも、公共図書館や学校図書館には、所蔵している場合もあります。持っている学校は、ぜひ大事にしてください。

ページの見方

書　名	作者名など 出版社	対象学年

書名	作者名など・出版社	対象学年
アーサーのくまちゃん	リリアン・ホーバン 作 木島始 訳 文化出版局	1年
どきどきうんどうかい	東君平 作・絵 あかね書房	1年
ぼく字がかけるよ 教室ねずみジョンのお話	ランデル 作 かわいともこ 訳 偕成社	1年
くいしんぼ行進曲	大石真 作 西川おさむ え 理論社	1～2年
こねずみとえんぴつ	ステーエフ さく・え 松谷さやか やく 福音館書店	1～2年
まいごになったおにんぎょう	A. アーディゾーニ 文 E. アーディゾーニ 絵 石井桃子 訳 岩波書店	1～2年
おっとあぶない	マンロー・リーフ さく わたなべしげお やく 学研→フェリシモ出版	1～3年
ちびっこタグボート	ハーディー・グラマトキー さく わたなべしげお やく 学研	1～3年
ゆうきのおにたいじ	征矢清 さく 土橋とし子 え 福音館書店	1～3年

かみなりのちびた	松野正子 さく 長新太 え 理論社	2～3年
こぶたのポインセチア	フェリシア・ボンド 作・絵 池本佐恵子 訳 岩崎書店	2～3年
はじまりはへのへのもへじ！	山末やすえ 作 西川おさむ 絵 秋書房	2～3年
ぴちぴちカイサとクリスマスのひみつ	リンドグレーン 作 ヴィークランド 絵 山内清子 訳 偕成社	2～3年
ベーロチカとタマーロチカのおはなし	L・パンテレーエフ さく 内田莉莎子 やく 浜田洋子 え 福音館書店	2～3年
ポケットのたからもの	レベッカ・コーディル 文 エバリン・ネス 絵 三木卓 訳 リブリオ出版	2～3年
べんけいとおとみさん	石井桃子 作 山脇百合子 絵 福音館書店	2～4年
四つの人形のお話 1 クリスマスの女の子	ルーマー・ゴッデン さく 久慈美貴 やく 福武書店	2～4年
四つの人形のお話 2 クリスマスのようせい	ルーマー・ゴッデン さく 久慈美貴 やく 福武書店	2～4年
先生は魔法つかい？	プロイスラー 作 中村浩三 訳 伊東寛 絵 偕成社	2～5年

金魚はあわのおふろに入らない!?	トリーナ・ウィーブ 作 宮坂宏美 訳 しまだ・しほ 絵 ポプラ社	3～4年
ルーシーのぼうけん	キャサリン・ストーア 作 山本まつよ 訳 阪西明子 絵 子ども文庫の会	3～4年
火の鳥と魔法のじゅうたん	ネズビット 作 猪熊葉子 訳 岩波書店	3～5年
風のまにまに号の旅	BB 作　神鳥統夫 訳 D.J. ワトキンス＝ピッチフォード 絵 大日本図書	3～6年
すえっ子Oちゃん	エディス＝ウンネルスタッド 作 石井桃子 訳 ルイス＝スロボドキン 画 学研→フェリシモ出版	3～6年
家の中では、とばないで！ (旧書名　おしゃべりのできる小イヌ)	ベティー・ブロック 作 原みち子 訳 たかおゆうこ 絵 学研→徳間書店	4～5年
いたずら小おに	ユリア・ドゥシニスカ 作 内田莉莎子 訳 学研	4～5年
野ばと村の長ぐつぼうや	スピリドン・ワンゲリ 作 松谷さやか 訳 スズキコージ 画 福音館書店	4～5年
ヴィーチャと学校友だち	ノーソフ 作 福井研介 訳 岩波書店	4～6年
かおるのひみつ	征矢清 作 石松知磨子 絵 あかね書房	4～6年

黒ネコの王子カーボネル	バーバラ・スレイ 作 山本まつよ 訳 岩波書店	4～6年
フレディ 世界でいちばんかしこいハムスター	ディートロフ・ライフェ 作 佐々木田鶴子 訳 しまだ・しほ 絵 旺文社	4～6年
お話を運んだ馬	I.B. シンガー 作 工藤幸雄 訳 岩波書店	5～6年
お姫さまとゴブリンの物語	マクドナルド 作 脇明子 訳 岩波書店	5～6年
銀の馬車	C・アドラー 作 足沢良子 訳 北川健次 画 金の星社	5～6年
兄さんネズミがさらわれた！	アリソン・アトリー 作 まがたようこ 訳 偕成社	5～6年
西風のくれた鍵	アリソン・アトリー 作 石井桃子、中川季枝子 訳 岩波書店	5～6年
まぼろしの白馬	エリザベス・グージ 作 石井桃子 訳 岩波書店	5～6年
びんの悪魔 （旧書名　びんの中の小鬼）	R・L・スティーブンソン 作 よしだみどり 訳 磯良一 画 福音館書店	5～6年
ふくろ小路一番地	イーヴ・ガーネット 作 石井桃子 訳 岩波書店	5～6年

あとがき

2011年の秋、東京都杉並区の小学校で働く司書の有志が、自主的に集まって勉強会を始めてから約７年たちました。

“いい本”を読むことで、子どもたちの心が成長する、読む力をはじめ、学習に必要な力が必ず伸びる、それが学校で司書として働く私たちの実感です。本なら何でもいいというわけではありません。“いい本”をしっかり読む必要があるのです。

そのほとんどが読み継がれてきた本といえますが、これらの本が子どもたちの手に届いていないこともわかってきました。

最初は、自分たちの勉強のためにやっていたことですが、私たちが子どもたちに届けたいと思う本を、ほかの司書や先生にも知ってもらいたいと思うようになりました。まず大人が知って、読んで、子どもたちにぜひ届けてほしい、という思いが本書の出版につながりました。私たちは、本書に紹介した本を、大切に次の世代に手渡していきたいと思います。

本書を作るにあたりまして、杉並区の学校司書をはじめ、先生方、保護者や地域の方々、杉並区の家庭文庫であるポケット文庫、教文館ナルニア国のスタッフの方など、多くの方のお力をお借りしました。この場を借りてお礼申し上げます。

本書が、多くの学校でお役に立てることを、心から願っています。

さくいん

◆書名さくいんは全て50音順に並び、昔話には（昔）、
今は手に入らない品切本や絶版本には（絶）とついています。
例）アイルランドの昔話（昔）、アーサーのくまちゃん（絶）

◆キーワードさくいんは見やすいように小見出しでわけ、
その上で50音順に並んでいます。
「お話」「家族・友達」「肩書・仕事」「体・五感」「行動・状態」
「自然現象」「性格・気持ち」「世界の国・地域」「動物・生き物」
「場所・時間」「不思議・なぞ」「もの」「料理・食べ物」「その他」

書名さくいん

あ行

か行

な行

や行

ら行

わ行

キーワードさくいん

お話

家族・友達

肩書・仕事

体・五感

行動・状態

自然現象

性格・気持ち

世界の国・地域

動物・生き物

場所・時間

不思議・なぞ

もの

料理・食べ物

その他

執筆者代表
対馬初音　学校司書

執筆者（杉並区学校司書）
板谷美雪、梶原美也子、田崎晴泉、西谷美智子
執筆協力（杉並区学校司書）
小椋博美、榊典子、土屋文代、森永香代
※所属については2018年３月現在

参考文献

『今、この本を子どもの手に』　東京子ども図書館 編／東京子ども図書館　2015年
『読む力は生きる力』　脇明子 著／岩波書店　2005年
『物語の森へ』　東京子ども図書館 編／東京子ども図書館　2017年
東京都立図書館　https://www.library.metro.tokyo.jp/junior/
「【４】ほん・本・ごほん１」「【５】ほん・本・ごほん２」「【６】ほん・本・ごほん３」
「【７】ひとりでよめるよ」

カバーデザイン：タケイサチコ

小学生のうちに読みたい物語 ～学校司書が選んだブックガイド～

2018年５月29日　初版第１刷発行
編著者　対馬初音
発行人　松本恒
発行所　株式会社　少年写真新聞社
〒102-8232　東京都千代田区九段南4-7-16
市ヶ谷KTビルⅠ
TEL　03-3264-2624　FAX　03-5276-7785
URL　http://www.schoolpress.co.jp/
印刷所　図書印刷株式会社

ISBN978-4-87981-637-5 C3090 NDC019

編集：舛田隆太郎　DTP：服部智也・木村麻紀　校正：石井理抄子　編集長：藤田千聡